藍染袴お匙帖

桜紅葉

藤原緋沙子

双葉文庫

目次

桜紅葉《もみじ》　藍染袴お匙帖

第一話　螻蛄《けら》鳴く

一

「お侍さん、コオロギはいらないかい？」

菊池求馬《きくちきゅうま》と五郎政《ごろまさ》が声をかけられたのは、深大寺《じんだいじ》の正門をくぐった時だった。

十になるかならないかの少年が走り寄ってきて、小さな草の虫かごを突き出した。どうやら参拝客を待ち受けていたらしい。日焼けした顔が汗と土で汚れ、くりくりしたきかん坊の眼が、求馬の眼を窺っている。

「コオロギだと……コオロギで金儲《かねもう》けをしようなんて、大したガキだな、おめえ」

五郎政は苦笑いを浮かべると、ちらと求馬を見遣った。

二人はたった今、門前に軒を並べる蕎麦屋《そばや》で名物の深大寺蕎麦を食べ、ついでに土産《みやげ》の蕎麦も買い入れて、これから本尊の銅造釈迦如来像《どうぞうしゃかにょらいぞう》を拝みに行くところだった。

五郎政は蕎麦屋で二人前も平らげたから、腹はくちて機嫌は良かったが、この田舎《いなか》で、参拝客に珍しくもないコオロギを売ろうとする男の子の商魂に啞然《あぜん》としたようだった。

求馬は肩に写生道具を担いでいるし、五郎政は背中の竹籠《たけかご》に採取した薬草を背負っている。

二人はこの二日間、武蔵野《むさしの》を歩き回り、求馬は薬草の写生をし、五郎政はそれを採取しての帰路だった。

「買ってやりてえがこのありさまだ。これから江戸に帰らなきゃならねえんだ。それにな」

もっと気の利いたものを売った方がいい、コオロギは江戸にも小うるさいほどあちらこちらで鳴いているんだと教えてやった。

「コオロギが駄目なら」

少年は小さな袂《たもと》に手を突っ込んで何かをつかむと、これではどうだと掌を開いて見せた。土で汚れた掌に一匹のシミのような虫が張りついている。

「螻蛄《けら》じゃねえか」

　五郎政は呆れた顔で眼を剝いた。

「ぼうず、どうしてそんな薄汚ねえ虫ばっか売るんだ……小鳥だとか、赤とんぼだとか、もっと気の利いたものを売りな」

「だって」

　少年は泣きべそをかきそうになっている。

「だってなんだ……」

　求馬が気になって訊いた。

「おいら、おいら」

　少年は歩いて見せた。右足を僅かに引きずっている。

「こんな体じゃ走れねえ。とんぼも小鳥も捕れねえよ」

「そうか、悪いことを聞いたな」

　求馬は少年の顔を覗いて言った。

「いいんだ。おいら、苦労しているおっかさんを助けたいんだ。おっかさんは雇われて野良《のら》に出てる。おいらが手伝えることは、こうして小銭を稼ぐことだ」

なにやら涙ぐましい事情があるようだ。

「そうかいそうかい、おめえの家は貧乏なんだな。そりゃそうだな、虫売りをしてるんだ、裕福な訳はねえやな」

五郎政は鼻をすすり上げ、

「俺の子供の頃とそっくりだ。腹一杯飯は食ってるのか」

少年は俯《うつむ》いた。恥ずかしそうにしている。顎《あご》を埋めた着物の襟《えり》は着古して色は褪《あ》せ、すり切れている。足下も伸びきった藁《わら》の草履《ぞうり》をつっかけていて、擦り傷切り傷の跡が見える。

身なりを一見するだけで、少年がどんな暮らしをしているのかわかろうというものだ。

「よし、わかった、俺がそのコオロギを買ってやろう。いくらだ？」

五郎政は懐から巾着《きんちゃく》を出した。

「コオロギが四文、籠がついて二十文」

少年は小さな声で言った。籠と言ったって草の虫かごである。

「随分良い値だな」

「だってこのコオロギは、お寺の本堂の床下に住んでたんだ。仏様の使いだぜ。

それにこの籠は、寝たきりのじいちゃんが作ってくれたんだ。カルカヤとか力草で作るんだ」

説明する少年の声はすっかり元気を取り戻している。

「わかったわかった。このコオロギは御利益《ごりやく》がある、籠は爺さん手作りの名人細工だって言いたいんだな」

少年はこっくりと頷いた。

「よしよし、これも仏の縁だ。俺も螻蛄を買ってやろう」

求馬もついほだされて言った。虫は持ち帰らなくても放してやればいいことだ。第一螻蛄など誰も欲しがらぬ。

「ありがとうございます」

少年は元気に頭を下げると、五郎政と求馬が差し出した銭を嬉しそうに握った。

「とんだ目にあいやしたね……しかしあの手にゃかなわねえ」

五郎政は少年が足をひきずって去って行くと苦笑した。

二人は虫を参道に放してから本堂に向かった。鬱蒼《うっそう》と木が茂っている。行き交う参拝客はまばらで、秋の風は心地よかった。

まもなく茂みの中に立派な本堂が見えてきた。

「あれ、何かあったんですかね」

五郎政は前方に見える本堂の前を指した。四、五人の参拝客がひとところに駆け寄るのが見えた。

何かを囲むようにしてざわめいている。

「医者はいないか！」

参拝客の一人が、そんな言葉を叫んだようだ。

「五郎政」

求馬は、五郎政を促して駆け出した。その時だった。先ほど足をひきずっていた少年が、うさぎが飛び跳ねるように人だかりの中に駆けて行くのが見えた。

「あいつ、騙したな！」

五郎政は舌打ちした。

「おばあさん、おいらにつかまりなよ、大丈夫かい」

求馬と五郎政が人垣に近づいてみると、初老の女がよろよろと立ち上がるのに少年が手を添えて励ましている。

「お騒がせいたしました。ちょっとめまいがして……でももう大丈夫、本当に大丈夫でございますから」

初老の女は丁寧に参拝客たちに頭を下げたが、数歩あるいてまたよろめいた。

「しばらく木陰で休んだ方が良い。手を貸そう」

見かねて求馬は手を差し出した。

「あっ」

びっくりしたのは先ほどの少年だ。二人に気づいて自身の足に眼を落とした後、決まり悪そうな顔で手を合わせた。

「大芝居を打ちやがって」

五郎政は少年の頭をこつんとやったが、

「お前はこの人と知り合いなのか」

初老の女から離れようとしない少年に聞いた。

「まあね。俺は良太《りょうた》っていうんだ。おばあさんはおせきさん。おいらは毎日この寺に虫売りに来るだろ。おせきさんは毎日ここに来て手を合わせてお祈りしてる。だから時々、おいらの虫も買ってくれる。そういう仲だ」

良太という少年は頼もしい口調で話してくれた。

求馬は二人のやりとりを聞きながら、おせきという初老の女を木陰の切り株の上に座らせた。そして携帯していた薬をおせきの掌に載せてやった。求馬も酔楽《すいらく》から薬のことは聞きかじっている。内職に丸薬を作っているぐらいだから、薬籠《やくろう》を手放したことはない。

「持ち合わせの薬だが、少しは楽になるかもしれぬ。さあ」

「ありがとうございます。ついこの間までは、休む暇もないほど立ち働いておりましたのに、この田舎に移ってきてからは、急に体の力が抜けてしまったようで。嫌でございますね、年を取るということは」

おせきは弱々しく言って苦笑した。

なるほどそう言われてみると、髪には白いものが走っているものの綺麗にときつけていて、鄙《ひな》には似合わぬ垢抜《あかぬ》けたところが見える。着ている衣服も上物だし、一見したところ江戸の商家のおかみさん風の女だった。

しかし、そんな人が何故《なにゆえ》この片田舎にと、求馬はひといきついたおせきの顔を見て思った。

「おせきおばあさんは、お江戸じゃ大きなお店《たな》のおかみさんだったんだぜ」

おせきに尋ねるまでもなく、横から良太が自慢げに言った。

「伏見屋《ふしみや》の女将《おかみ》のおせきさんですって」

桂千鶴《かつらちづる》は驚いて、求馬の顔を見返した。

「そうだ。知っていたようだな、俺も店の名を聞いて驚いたんだが。東両国にある料理屋伏見屋といえば知らぬ者はいない」

求馬は、お竹《たけ》が出してくれた茶を啜《すす》った。側では五郎政が餅菓子《もちがし》をうまそうに頬張《ほおば》っている。

二人はあれからおせきの具合が良くなるのを見届けてから寺を出た。

深大寺から江戸まで六里あまり、昼下がりの道を急ぎ足で御府内《ごふない》に戻ってきたが、桂千鶴の治療所に入ったのは夕暮れだった。

五郎政が背負ってきた薬草は、縁側に敷いた茣蓙《ござ》の上で、お道《みち》の手で一つ一つ確かめられ、仕分けされて並べられている。

キンミズヒキの全草、葛《くず》の根、ドクダミ全草、トチバニンジンの根と茎、ナルコユリにイタドリの根茎、桔梗《ききょう》、オミナエシ、メハジキ――。

「ずいぶんたくさん……五郎政さんも酔楽先生のお陰で、よく薬草を覚えたのね」

年上の五郎政に、お道は先輩気取りで感心してみせた。

「だろ、求馬の兄貴は写生に手をとられてたいへんだから、みんなおれっちが採ったんだぜ。今度一緒に行こうか?」

「お断りします。五郎政さんとじゃ危ない、危ない」

「ちぇ、よく言うよ」

二人の掛け合いを聞き流しながら、千鶴は半年前に診察したおせきの憔悴《しょうすい》した姿を思い出していた。

おせきはその時、得意先回りの途中で立ち寄ったと言い、年配の女中を連れて千鶴の診療所に立ち寄った。

心配事があり眠れぬ夜が続いていて、胃の腑《ふ》が痛くて食欲がない、それに立ちくらみがして困っているという事だった。

だが触診してみたがこれといった病はないと思われた。

千鶴は、おせきは心の病にかかっていると判断し、出来ればゆっくり休養するようにと勧めてみた。

取りあえず睡眠を促す薬を渡して帰したが、その後二度ほど年配の女中が薬を取りにきたっきり、おせきとの縁は途絶えていた。

まさか深大寺の片田舎に暮らしていたとは思いも寄らなかった。

千鶴が求馬に、半年前の事を話すと、

「そうか、俺たちも詳しい話は聞いてはおらぬが、伏見屋は以前と変わらぬ商いを続けている筈だ。女将のおせきだけが深大寺に移って行ったということだな」

「ええ……」

治療のためだけに田舎に引っ越したのなら言うことはないが、何か他に事情があったのではないか。千鶴の頭をそんな懸念が過《よ》ぎった時、

「そういうことでな、少し帰りが遅くなったのだ。五郎政、引き上げよう」

立ち上がろうとした求馬に、

「お待ち下さいませ、求馬様。お食事をしてからお帰り下さい。お竹さんが求馬さまのお好きな栗ご飯を炊《た》いています。酔楽先生にも持って帰って頂きたいですし」

「そうですよ、兄貴、若先生のおっしゃる通りご馳走になりやしょう。昼に蕎麦食ってから何も口に入れてねえ。いや、団子《だんご》は食ったか。ですがとてもとてもこの腹では根岸《ねぎし》までは帰れませんや。よし、あっしもお竹さんを手伝ってきまさあ」

五郎政は早速台所に向かったが、すぐに引き返してきた。

「若先生、ちょっと」

戸惑った顔で手招きする。

千鶴は立って五郎政の指さす玄関に向かった。するとそこに、

「あら、いつの間に」

玄関に点る行灯《あんどん》の薄明かりに、五歳前後の女の子が泣きじゃくっているではないか。

「どうしたんです？　お名前は？」

千鶴は三和土《たたき》に下りると、女の子の顔を覗いた。

「お、おっかさんを助けて下さい」

女の子は、泣きながらとぎれとぎれに訴える。

「おっかさん？……」

千鶴は玄関の外を覗いたが他に人の気配はない。振り返ってもう一度女の子に訊いた。

「一人で来たのね」

「うん」

こっくりと頷く。

「お家は何処《どこ》？」

女の子の肩にそっと手を置いて訊く。

「と、豊島町《としまちょう》の……豊島町の、き、桔梗屋」

「桔梗屋……」

女の子が頷くのを見て、千鶴は驚き奥から出てきた求馬やお道の顔を見た。

「先生、桔梗屋といえば、あの有名な伽羅《きゃら》の油の……」

お道も目をまるくして言った。

桔梗屋は、伽羅油、鬢《びん》つけ油で近頃一躍有名になった店である。

なにしろ香りが良くて、ほつれがちな鬢の髪も、桔梗屋の油を用いるとしっとりと綺麗にまとまるという評判だ。

なにしろ桔梗屋の油が有名になったのは、かの歌舞伎《かぶき》役者の中村歌之丞《なかむらうたのじょう》が、桔梗屋の油をつけて『花の露女敵《めがたき》討ち』を演じてからのこと。

歌之丞がつけた伽羅油を『花の露』と命名して発売したことが人気に火をつけた。

発売から半年もたたないうちに、江戸土産の番付でも大関の格付けとなったのだ。

続けて売り出したのが男専用の油として『源氏《げんじ》』。これも多くの客の心をつかんだ。

千鶴たちも花の露は買い求めたことがある。

「お道っちゃん、支度して」

千鶴が言った。

二

女の子の名はおみやと言った。母はおすずというらしい。

千鶴はおみやの手を取り、お道は薬箱を持参して桔梗屋に急いだ。

夜道は不用心だと言い、求馬も同道してくれた。

「おっかさん」

おみやは不安な顔で桔梗屋の前に戻ると、我が家を見て立ちつくした。今にも泣き出しそうである。

「何かあったらしいな」

求馬が呟いた。

桔梗屋の大戸は締まっていたが、潜り戸から漏れている灯りに、男が数人出たり入ったりしているのが見える。

どう見てもお店者ではなく、遊び人かヤクザの類《たぐい》だと思った。

千鶴が知っている桔梗屋の店先は、男客女客で賑わっている活気に溢《あふ》れた景色である。

「大丈夫よ、行きましょう」

千鶴はおみやの手を引っ張って潜り戸の前に立った。

入ろうとすると、

「誰だい、取り立てならけえりな！」

四角い顔の、もみあげの毛が縮れてもじゃもじゃの男が、潜り戸の前に立ちふさがった。

「私は医者です。退きなさい」

きっと睨《にら》み、ちらと求馬を振り返った。求馬が威嚇《いかく》するようにぐいと出る。男は舌打ちしてそこを空けたが、店の中に入って啞然とした。

商品が所狭しと積み上げられ、その間を縫って使用人たちが客の応対にいとまのない活況を呈していた店の姿は影も形もなかった。

千鶴やお道が見たことのある商品は一品たりともそこにはなく、床には小間物を入れる空箱が散らばっていた。

「これはひどい」

求馬もつぶやき、千鶴と顔を見合わせたその時、

「だから、亭主はどこに行ったと聞いているんだ！」

恐喝する男の声が聞こえ、続いて、

「知らないのです。お許し下さい」

泣き叫ぶ女の声が聞こえた。

「おっかさん！」

おみやは上に駆け上がると、一目散に奥の部屋に向かった。

千鶴たちもおみやの後に続いた。

するとそこには青白い顔をして布団の上で俯いているおみやの母おすずと、めくら縞《じま》の着物の前をまくりあげ、汚い脛《すね》の毛を見せておすずを睨み据えている男がいた。

男は千鶴たちに険しい視線を送ってきた。眉の薄い、瞼《まぶた》の腫《は》れた、ぞっとする

ような人相である。

おみやは母の胸に飛び込んだ。母のおすずも、おみやをしっかりと抱き留めた。おすずの顔には疲れが滲《にじ》んでいる。その頬に乱れて落ちる黒髪も痛々しかった。

千鶴は男を無視しておすずの側に座った。

「おみやちゃんから聞きましたよ。診察します」

「診察だと……医者にかかる金があるのなら、こっちに払って貰うほうが先だな」

男は言った。だが、

「いてて」

男は求馬に腕をねじ上げられて悲鳴を上げた。

「出て行け。いう事を聞かぬとこの腕を折るぞ」

「わたくしの見立てでは」

千鶴は、おすずの体から手を放すと、

「脈が乱れていますね。舌の色も良くありません。胃の腑が痛いようですから、お薬を差し上げますが、このありさまでは」

千鶴は、今桔梗屋が見舞われている異状を確めるように見渡して、

「事情は私にはよくは分かりませんが、まずは心労を取り除くことが一番。そうすれば脈の乱れも胃の腑の痛みも良くなりますよ」

千鶴の所見に、おすずは俯いて耳を傾けている。

「お薬代の心配はいりませんよ。あなたが今考えることは、おみやちゃんのために元気を出すこと。あなたがそんなんじゃ、おみやちゃんはどうしたらいいんですか。おすずさん、私で良ければ、その心にある苦しみをお聞きしますよ。そうすれば、少しは元気が出るかもしれません」

空しい言葉と思いながら、千鶴は呆然《ぼうぜん》として座っているおすずに声をかけた。

「先生」

ふいにおすずが顔を上げた。じっと千鶴を見詰めて来た双眸《そうぼう》からは、瞬く間に涙が溢れてくる。

「おすずさん」

千鶴は静かに頷いた。

「なにもかも、なにもかも一夜にして変わってしまったのです」

おすずは泣きながら訴えた。

話は半年ほど前に遡《さかのぼ》る。

おすずは亭主の吉蔵《きちぞう》と娘のおみやと三人で、遅咲きの桜を隅田川《すみだがわ》沿いにある木《もく》母寺《ぼじ》に見に行った。

この寺には謡曲《ようきょく》『隅田川』で有名な梅若《うめわか》の塚があり、曲の中の季節である春の頃には花見で賑わう所である。

謡曲そのものは、人買いに拐《かどわ》かされた息子を捜して、母親が都からはるばる下ってきた話で、哀しいかなその子梅若がここで亡くなっていたことを知り、嘆き悲しむ母親の情を表現したものである。

しかし、いつしかこの話は実話として江戸庶民の心の中に生き、塚まで立てて人々はお参りをするようになったのだ。

人々が押し寄せれば、そこには商いが成り立つ。

木母寺境内《けいだい》には『植半《うえはん》』という人気の料理屋があり、そこの主《あるじ》半兵衛は吉蔵のよく知る者でもあったため、三人は花見のあとに初めて植半の座敷に上がり贅《ぜい》沢《たく》を味わった。

桔梗屋の店を豊島町に出してから五年、夫婦は暇を惜しんで働いてきた。

たまたま歌舞伎俳優の中村歌之丞が、店で売り出した伽羅の油を使ってくれたことから一躍有名になり、夢かと思えるほどの繁盛に恵まれることになったが、それまでは三人で遊びに行くことなど一度もなかったのである。

ひとつの節目でもあり、また一人娘のおみやに一度くらいは世間並みの楽しみを味わわせてやりたいと言い、吉蔵は小判を懐におすずとおみやを連れて行ったのである。

「まるで、幸せを絵に描いたようだと……私、植半の店を出るまで思っていました」

おすずは言った。

ところが、おすずたちは店を出た途端、見知らぬ人相の良くない男たちに行く手を阻まれ、吉蔵が脇を取られるようにして人気のない寺の裏側に連れて行かれたのだった。

おすずは後を追おうとするが、二人の男が立ちはだかって、ここで待てという。

しばらくして吉蔵が青い顔をして戻って来た時には、これまでの暮らしが音を立てて崩れて行くような、そんな予感がしたのである。

案の定、男たちが去っていくと、

「なにもかもおしまいだ。もう店もやってけねえ」

吉蔵は血を吐くような声を出した。

「どういう事なの、何があったの、吉蔵さん」

強い口調で問い質《ただ》したおすずに吉蔵は、権八《ごんぱち》が多額の借金を作って逃げたらしい。私はお前に内緒で奴の商いを保証する印を押していたのだと告白したのだった。

「いったいいつのことなの……権八さんの借金ていくらなの」

おすずは矢継《やつ》ぎ早《ばや》に聞いた。

権八というのは、吉蔵が以前勤めていた日本橋の呉服卸《ごふくおろし》『加賀屋《かがや》』の同輩である。

おすずも加賀屋の女中をしていたから、知らない人ではない。

ただ、吉蔵とおすずは所帯を持って細々とでも二人で暮らしたいと主に申し出て、許しも得、加賀屋を辞めたが、権八は他の奉公人たちとうまくいかなくて店を飛び出した人だった。

おすずは加賀屋にいる時から権八が好きではなかった。

女中を除く奉公人のほとんどは上方《かみがた》からやって来ていて、吉蔵や権八など江戸近辺から奉公に上がった者は少数派で、上方者に押され気味だったという気風はたしかにあって、権八はその鬱憤《うっぷん》を年下の丁稚《でっち》や女中に当たり散らすことで晴らしていた。

番頭から褒《ほ》められた年下の手代を、人の眼の届かぬところで、権八が生意気だと言い殴っていたのを、おすずは見ている。

そんな男と何故関わりを持つようになったのか、吉蔵に詰め寄ると、

「あいつも俺も、田舎を逃げるようにして出てきた者だ。一旗挙げよう、挙げたいって気持ちはわかる。あいつは、故郷を石もて追われるようにして出てきたと聞いている。俺としてはほっとけなかったんだ」

だから店をひょっこり訪ねてきた権八を、吉蔵は懐かしく思って近くの小料理屋で奢《おご》ってやった。

実際権八の身なりも、手代時分とは違って、垢抜けた着物にきりりと帯を締め、表情にも昔の卑屈さが消え、笑顔が暮らしの余裕を見せていた。

共に加賀屋を途中で辞めた二人である。自分の小間物屋の成功もそうだが、権八が立派にやっているのを知って嬉しかった。

権八はこの時、加賀屋を出てから絹の仲買をやっているのだと吉蔵に告げた。

そして、もう少し大きな商いをやってみたい、それについては吉蔵にも出資しないかと相談を持ちかけてきたのだ。

権八は米の先物取引と同じように、絹糸を先物取引する事で、多額の金を得ようと考えたのだった。

「米は天候で危ないが、繭《まゆ》は大丈夫だ。蚕《かいこ》の餌《えさ》になる桑《くわ》の木は天候不順でも良く育つ」

権八が吉蔵を説得した言葉だが、吉蔵もそれを信じて疑わなかった。

吉蔵は、権八の商いが行き詰まるなどとは露ほども考えず、先物買いをする資金を、深川《ふかがわ》の金貸し『布袋《ほてい》の月徳《げっとく》』という隠居に借りることになった。

借りた金は二百両、繁盛している桔梗屋を質草に入れての借り入れだった。権八は百両という金を貯めていたが、吉蔵のように店を出している訳ではない。

それに比べて桔梗屋は世間にも認められた繁盛の店である。月徳は質草として十分に認め、金を融通してくれたのだった。

ところが、昨年の秋には何十年に一度かと思われる長雨に見舞われて、蚕が育たなかった。繭は小さく、紡《つむ》いだ糸も中級品だった。

権八は大きな損害を被ったのだ。

あろうことか、まもなく権八の姿が消え、吉蔵は月徳に借りた金を返すために、店の売り上げの大半を借金返済につぎ込むことになったのだ。

「悪夢でした……」

おすずはそこで疲れたため息をひとつ漏らすと、乱れた髪を掻き上げた。

「じゃあ先ほどの男たちは、月徳という金貸しの手下なんですね」

千鶴が訊くと、おすずは頷き、

「商品はみんな、支払いの滞《とどこお》った仕入れ先が取り上げて行きました。うちの人は店を続けていきたいと月徳さんの所に談判《だんぱん》に出かけて行きましたが、それ以来家には戻っていません」

「まあ」

千鶴は驚いて、求馬と、そしてお道と顔を見合わせた。

「すると、先ほどの様子では、奴らも亭主の居所は知らぬと見えるな」

求馬が言った。

「ええ」

「妻子を置いてどこへ行ったんだ、心当たりは？」

おすずは強く首を振って否定し、

「もう、死んでいるかも知れません」

わっと泣き崩れた。

「まさか、あなたとおみやちゃんがいるじゃありませんか」

「私、酷《ひど》いこと言いましたから」

おすずは震える声で言った。

「妻子をこんな目に遭わせるなんて、そんな亭主がどこにいる。もう顔も見たくないって」

「………」

「だからあの人、帰ってこれなくなったのかも知れません。先生、どうすればいいのでしょうか。せめてあの人の無事を確かめたいのです」

おすずは、縋《すが》るような目を向けてくる。

「ひょっとして、誰かのところに金策に行ったってことはありませんか」

黙って聞いていたお道が言った。

するとおすずは、首をさらに強く振って否定した。

「じゃあ、権八って人を捜しているって事は?」

おすずはやっぱり首を横に振ると、

「わたし、あの人はどこかで自殺してるんじゃないかって」

「まさか、おすずさん、人間はそれほど柔《やわ》ではありませんよ。ここは地獄だって思えるような状況になったとしても、それもいっときの事、やがてここが地獄というのなら、もう怖いものはない。きっとはい上がってみせるって新たな闘志がわいてくるものです。大店《おおだな》の加賀屋さんを辞めてこの店を出し、しかも目を見張るように繁盛をさせた人が、そうそうたやすく死ぬものですか」

「先生……」

またおすずの目から涙が流れる。

「おっかさん、おっかさん」

おみやが心配になっておすずの胸にしがみつく。

「ごめんね、おみや」

おみやをおすずは抱きしめて泣いた。

「両親や兄弟はいるんでしょう。田舎から出てきたって言ってましたけど、何処ですか、吉蔵さんの実家は……」

しばらく見守っていた千鶴が訊いた。

「すみません」

　おすずは、慌てて涙を拭くと、

「兄弟はおりません。田舎は八王子《はちおうじ》の先だと聞いています」

「八王子の先の、何処？」

「それは……」

　おすずは困った顔をして、

「私、一度も行ったことはありません。両親も生きているのか亡くなっているのか。あの人、昔を話すのを嫌がっていましたから聞けなかったんです」

「しかし、この江戸にも友達ぐらいはいるだろう、ここの暮らしも長いのだ。権八だけが友達という訳ではあるまい」

　今度は求馬が訊いた。

「ええ、でも、友達ったって、昔奉公していた加賀屋の人ぐらいで……でもその人たちには、お店がこんなになったなんてとても打ち明けられないと思います」

「すると、相談しにいく先もないということか」

　おすずは、弱々しく頷いたが、しばらくしてから、突然何かを思い出したように顔を上げた。

三

「もしも相談するとしたら、東両国にある伏見屋さん」

「何、伏見屋……伏見屋とどういう繋がりがあるのだ」

驚いたのは求馬であった。

伏見屋といえば、つい先日深大寺で、隠居した女主人とおぼしきおせきという初老の女に会ったところだ。

「わかりません。伏見屋には身よりの者がいる、そんな事をちらっと言っていましたが、その時は私、聞き流して」

おすずに思い当たるところはそれぐらいだという。

桔梗屋の店は家賃を払って借りていた。家賃を払えない今となっては、立ち退くようにせっつかれている。

一刻も早く吉蔵の行方《ゆくえ》を捜すのが先決だと、千鶴も求馬も考えた。

「これも、乗りかかった船」

千鶴はおすずに、出来る限りの手をつくして、吉蔵の行方を捜すのを手伝うと力づけた。

とはいえあてがある訳ではない。

千鶴は岡っ引の猫八《ねこはち》に相談して、協力を仰いだ。

「わかりやした、千鶴先生の頼みです。浦島《うらしま》の旦那も何も文句の出るところじゃねえ。いやね、ちょうど大きな事件が片づいたところでさ、お手伝い致しやす」

快く受けてくれた猫八の手配で、求馬は猫八を連れて、まずは深川の高利貸し、布袋の月徳を訪ねてみた。

月徳の店は、永代寺《えいたいじ》門前の山本町にあるという。店といっても暖簾《のれん》も看板もある訳ではないらしい。

表に暖簾を挙げられぬ店とあっては、その所在をつかむのも危うく思えたが、そこはそれ、同行してくれた猫八の岡っ引仲間で、深川一帯を縄張りとする、月夜の虎《とら》とかいうめっぽう派手派手しい名を持つ男から、その所在を得た。

月徳の店は、横道から入り込んだ仕舞屋《しもたや》だった。昔この深川で大きな材木商をやっていた隠居の住まいだったということで、廻りを生け垣で囲んだ、落ち着いた雰囲気の平屋だった。

おとないを入れた求馬と猫八が通されたのは、縁側のついた客間で、秋の草が庭を彩《いろど》る八畳間だった。

月徳はすぐに現れた。

つるつる頭の、でっぷりとした男だった。

「月徳は昔どこかの寺の坊主だったらしいぜ。寺を飛び出し金貸しをやるようになったについちゃあ、調べちゃいねえが、きっと寺で不都合があったんだろうよ。あっしはそう思ってるんですがね」

月夜の虎はそう言っていたが、なるほど坊主上がりとあればつるつる頭も板についたもので、確かに布袋に見えなくもないが、求馬と猫八に相対して座り、送って来た視線には、裏道を歩く男たち独特の暗くて鋭い光が見えた。

桔梗屋の吉蔵を捜している。心当たりがあるのじゃないかと話を切り出すと、

「なんと今おっしゃいました……吉蔵を知らないかって？　お武家さん、菊池様でしたか、それはこっちがお聞きしたいことだ。若い衆に捜させているが、さっぱり手がかりはありやせんや」

金貸し月徳と呼ばれる男は、てかてかの坊主頭を柔らかい布で、ぎゅっぎゅっと拭き上げてから、ちらと猫八の十手に視線をやった。

「しかし、吉蔵はここに相談に来てから行方知れずとなっているのだ」

「旦那、この月徳が吉蔵をどうにかしたとお考えなんですか」

「違うのか」

「吉蔵の居場所がわかっていたら、手下を桔梗屋に押しかけさせるような手間のかかる事はしませんや」

「どうかなそれは」

求馬はじっと見た。その声音には、吉蔵を拉致した上で、ああいった大芝居を打ちかねない、悪党ではないのか……という疑いがみえる。

すると、求馬の後ろに控えていた男が、気色ばんで片膝立てた。懐に手を入れて睨んでいる。主に代わって、言いたいことを言う求馬に飛びかかろうというのだろう。

この男、求馬にはもちろん見覚えがあった。

四角い顔のもみあげの男だ。そう、一昨日《おととい》桔梗屋でおすずに脅しをかけていた、あの男だった。

「テツ、いいから向こうに行ってろ」

月徳はもみあげの男を部屋から出すと、一枚の紙を求馬の前に投げてよこした。

取り上げて見ると、吉蔵が金を借りた時の証文だった。

二百両の証文だが、二十五両につき月一両の利子とある。

「ずいぶんと高利だな。相場は二十五両につき一分だろう」

証文を月徳に押しやった。

「旦那、うちはそこいらでは金の貸して貰えねえ者たちに、善意で貸してやってるんですぜ。高利だとおっしゃいますが、それを承知で吉蔵は借りていったんです」

「しかしこれじゃあ、一年もたたないうちに利子だけで百両」

「元金を返してもらえれば、そういう話にはなりませんな。全て承知の話ですから。責めるなら」

月徳は、ぐっと睨んだ後言った。

「約束を果たせねえ、吉蔵と権八じゃあございませんかね。出来もしねえ金儲けを披瀝《ひれき》してこっちを信用させたんですから。実はこっちも、金を融通してやったばかりか、権八の野郎には嘘八百で騙された口なんだ」

月徳は額から頭のてっぺんまで青筋を立てた。

月徳の話によれば、権八は自信ありげにこう言ったというのであった。

「私は、絹仲買の絹宿を頼らずとも、安くて上物の裏絹をみんなが求めやすいようにしたいと考えています。絹宿を介せずにこの江戸の商人に直接品物を持ち込めば、絹宿の中抜きがないぶん品物は安くなる。生産する者も、これまでよりも高い値で買ってもらえるというので喜んでいますよ。しかも先物買いですから、間違いなく絹は手に入れることが出来る。損はさせません」

権八の説得は、まるで見てきたようで、海千山千の月徳でさえ首を縦に振ったというのだ。

「眉唾物《まゆつばもの》だと思わないではなかったが、二人に貸した金とは別に、わしも百両を渡している。この月徳を相手にしていい度胸だ」

月徳は怒りをぶちまけ、

「必ず見つけてやる。ただじゃおかねえ」

ぎょろりと求馬を睨み据えた。

その頃千鶴は、東両国の伏見屋を訪ねていた。

半年前に女将のおせきが患者だった事を口実に、往診の帰りにお道と立ち寄ったのだが、女将さんはもうここにはいないと、あの時おせきの供をして治療院にやって来た中年の女中が出てきて言った。

求馬の話は本当だったのだ。

「おかみさんの、お体の方はその後？」

「ええ、まあ」

答える女中の顔には戸惑いが見えた。

「お店を思い切って任せて休養にいらっしゃったのですね」

「ええ、まあ」

ますます女中は返事に困った顔をする。

——何かあったのかしら。

千鶴は不審に思ったが、

「実は、おせきさんのお体の具合もお聞きしたかったのですが、もうひとつ、お聞きしたいことがありましてお訪ねしたのです」

桔梗屋の吉蔵の身内がここにいる筈だが、会わせて欲しいと告げてみた。

「桔梗屋っていえば、あの伽羅油の？」

「ええ、そうです」

「ちょっと、ちょっとお待ち下さいませ」

女中は急いで奥に向かった。そしてまもなく出てきて、千鶴とお道を奥の主の部屋に案内した。

女中のあわてぶりに、千鶴はお道と見合って首を傾げた。

どうやらこの店では、おせきの事も、桔梗屋吉蔵の事も、勝手に使用人たちが他人にもらしてはならないと箝口令が敷かれているらしい。

「主の儀兵衛《ぎへえ》ですが、おせきがお世話になったようで……」

六十前後の色白の男は、手にしていた絵筆を置き、座を替えて千鶴たちの前に座った。礼の言葉とはうらはらに、早く退散してくれといわんばかりの迷惑そうな視線を送ってきた。

儀兵衛の背後には書き散らした下絵が散らばり、色を入れ始めた花鳥画が見える。

繊細で巧みな筆致、美しい色遣い、絵師も顔負けの作品だと千鶴が驚いた視線を儀兵衛の背後に向けていると、

「ほんの手なぐさみです」

口もとを緩ませた。謙遜《けんそん》しているのではなかった。

おせきを訪ねて立ち寄った千鶴を疎《うと》ましく思ったのは間違いないが、その千鶴

の視線が、自分の作品に目を見張っているのを知って、鼻を高くしているのだった。

だが儀兵衛はすぐに、苦虫を嚙み潰したような顔に戻した。

「桔梗屋の身内に会いたいということでしたな」

「はい、吉蔵さんておっしゃるのですが、ご存じありませんか」

「吉蔵というのは、おせきの息子です」

儀兵衛は、苦々しい顔で言った。

「おせきさんの？」

千鶴とお道は驚いて顔を見合わせた。

「前の亭主との間の息子です。それが何か？」

つき放すような口調である。

「吉蔵さんを捜しているのです。ひょっとしてこちらに来たんじゃないかって思いまして」

「いつの話ですか」

「ここ数日の話です」

「知りませんな。母親がここを出て行った事を知っていればなおさら、私とは血のつながりがある訳じゃない、赤の他人でございます。関係ありませんからな、ここに来る筈がありません」

吉蔵の名を口に出すのも忌々《いまいま》しげだ。

これには千鶴が驚いた。

血は繋がっていなくても、おせきは傾きかけた伏見屋を、押しも押されもせぬ名代の店にした人だと聞いている。その功績のお陰で儀兵衛は絵三昧《えざんまい》の暮らしをしていられるのに、前夫との間の子とはいえ、吉蔵を言下に関係ないと言い切る儀兵衛に、そこはかとない、人として冷たいものを千鶴は感じとっていた。

千鶴はお道と、早々に儀兵衛の部屋を退出した。

「おせきさんは養生のために深大寺に行ったんじゃない。きっと何かあったんですね。もしかして、あの儀兵衛さんと離縁したんじゃないでしょうか」

「ええ」

千鶴もお道と同じ事を考えていた。

儀兵衛の反応は尋常ではなかった。

「それにしても、冷たい人ね。先生、どう思いました？」

お道は言った。

二人は店を振り返って見た。

裕福そうな客が数人連れだって店に入って行くのが見えた。

店は繁盛しているようだった。

四

「すると、千鶴殿も吉蔵の行方はつかめなかったということか」

求馬は、庭の垣根に目を遣った。

診察室の前の庭と、その向こうに広がる薬園との間に竹垣を作った方がいいなどと、患者の一人、植木屋の松五郎《まつごろう》がそう言いはじめて、否も応もなく弟子を引き連れてやって来て、あらかた青竹の美しい建仁寺垣《けんにんじがき》が出来上がったところである。

垣根はそう高くなく、診察室の縁側から向こうの薬園の景色も見ることが出来るようになっていて、なかなかの風情である。

千鶴が幼い頃には柴垣があったように記憶しているが、いつの間にか朽ち果ててそのままになっていた。

千鶴は垣根から視線を戻して、

「一度深大寺まで行ってこようかと思っています。ただ、そうはいっても患者さんのこともありますから」

千鶴は、患者の腕に包帯を巻いているお道の方をちらと見た。まだお道に医療の全てを任せて家を空けるというわけにはいかない。患者は日ごとに増えている。

それに往診はあるし、牢からいつ呼び出しがあるか知れなかった。

だが、おせきの事も吉蔵の行方も気になって仕方がなかった。

「頃合いを見て俺が行ってきてもいい、患者は待ってくれないからな」

「ええ」

二人の耳に、混雑する待合いの患者の会話が聞こえてくる。

「だめだめ、あそこは薬礼ばっかり高くてさ。誰だったか、お腹が痛いって伝えたのに、貰った薬がちっとも効かないから確めてもらったところ、風邪薬と間違えてたって言うんだから、藪医者《やぶいしゃ》も藪医者。まったく、人の体を何だと思ってんのかね」

「騙されてんだみんな。薬礼が高けりゃいい医者だと思いがちだけど、逆だね。ここの千鶴先生を見ればわかるよ」

「全くだよ。随分待たされるけど、見立てに間違いはないもの、安心できるよ」

「ところであんた、どこが悪いの？」

「あたし……腰が痛い足が痛い、痛い痛いづくしさね。それに嫁にいじめられてさ。あたしたちが嫁の時代には、姑《しゅうとめ》に黒い物も白いと言われりゃ、はいそうですかと言うしかなかったのに、今の嫁ははっきり言いますからね、おっかさんは間違っています、老いては子に従えっていうでしょ、こっちの言う通りにして下さいって」

「酷いね、息子さんは知っているのかい」

「それが、息子とは血が繋がっていないからね、養子だから。大した家でもないのに養子を貰って家を継がせるんだなんて亭主が言うもんだから家に入れたんだけど、そう言ってた亭主は無責任にも死んじまってさ。今更追い出す訳にもねえ」

「そんな事をしようものなら、こっちが追い出される」

「その通り」

患者たちの愚痴《ぐち》の並べ合いは終わることはない。

「俺の調べでわかったことは」

求馬は、千鶴に顔を戻すと、

「布袋の月徳という男は、五年前に下谷《したや》の正源寺から追い出された生臭坊主だった。女犯《にょぼん》の疑いだ。以後は深川に居を構えて高利貸しをしているらしいが、奴の手下も在所を追放されてこの江戸に流れてきた者や、石川島《いしかわじま》の人足寄場《にんそくよせば》にいたような連中ばかりだ。桔梗屋で見た四角いもみあげのあの男も、どうやらこの春石川島から帰ってきたばかり。吉蔵や権八を見つけた時にはただではすまさぬだろう」

「私もそれを心配しています。あの人たちより先に吉蔵さんの行方をつかまなければと思っているのです」

とそこへ、

「千鶴先生、伏見屋の若い衆で秀次《ひでじ》って人が先生に会いたいってみえてますが、どうします？」

やって来たお竹は、まだ混雑している診察室を見渡して言った。

「伏見屋の……なんでしょう」

ちらと求馬の顔を見遣ってから、

「お道っちゃん、頼めるかしら」

　お道が頷くのを見てから、秀次が待っているという玄関脇の小部屋に向かった。

「私は、女将さんに拾っていただいて伏見屋に入った者です」

　秀次という男は、千鶴と求馬が座るなりそう切り出した。

　細身の体だが、男ぶりもよく、なかなかの若者に見えた。

　秀次は、貧乏と両親に反発して田舎を飛び出し江戸に出てきたものの、これといった職にもつけず、両国の矢場通いを始めた頃、ひょんな事からおせきと知り合い、伏見屋に奉公がかない、まっとうに働くようになったのだという。

　秀次にとってはおせきは恩人。だがそのおせきが伏見屋を出ると聞いた秀次は衝撃を受けた。

「私が聞いた話では、伏見屋が今のように繁盛するようになったのは、女将さんが寝食を忘れて力を尽くしたからだと聞いています。旦那さまはあの通り、商いのことはそっちのけで、あっちの絵師に弟子入りし、こっちの絵師の家に押しかけてと、店は女将さん任せでした。それなのに、女将さんを伏見屋にいられなくしてしまって」

「すると、おせきさんが家を出たのは、旦那さんとうまくいかなくなったってこと」

「はい。その原因は、女将さんの別れた息子さんのことだったのでございます」

「どういう事だね」

「はい」

秀次は求馬を見返すと、

「桔梗屋の店が危ないと知った旦那様が、うちの店に迷惑をかけるような事だけはしてくれるなと、女将さんにきつく釘を刺したのでございます」

悔しそうに言った。

「そうか、それでおせきは家を出たのか」

「女将さんのこれまでの働きを思えばそんな事は言えない筈なのに、あまりなおっしゃりようではございませんか。生き別れになっている親子の情も斟酌《しんしゃく》せずに平気な顔でそんな事を……女将さんにしてみれば、そんな冷たい人と一緒にはもういられない、これまで頑張ってきたことが空しくなったんじゃないかと、私はそう思っています」

千鶴と求馬は顔を見合わせた。

儀兵衛に会った時のあの態度から、秀次の言っている事は千鶴には想像がついた。

「女将さんは……」

秀次は話を続けた。

「息子さんへの思いを話して下さった事があります。きっと私が、年頃も境遇も似ていて、それで話をしやすかったのだと思いますが、私も女将さんを頼りにしてきました。店を出ていかれた時には本当に残念でした。昨日先生がお店にこられて、息子さんを捜しておられるという事を知り、それで、あっしの知っているお二人の事をお伝えしようと思ったのです」

「秀次さんは吉蔵さんに会ったことがあるんですね」

「はい、吉蔵さんがお店を開いた時に、女将さんから預かった女将さんのへそくりの三十両を開店のお祝いに届けています」

「じゃ、二人は時々会っていたんですか」

「いいえ、女将さんは遠くから見守ってはいましたが会ってはいません。吉蔵さんもお店にやって来る事はありませんでした。ただ……」

秀次は顔をきっと引き締めると、

「今考えますと、ひと月前に青い顔をして、初めて店を吉蔵さんが訪ねてきたんですが、女将さんに相談があって来たのかもしれません」

だがその時はもう、おせきは店を出たあとだった。

ちょうど秀次が帰って行く吉蔵を見かけて声をかけ、

「女将さんは深大寺の側の、蕎麦屋の離れに暮らしています。あっしの親戚の家です」

その家を教えると、

「ありがとう。でももういいんです。母親が元気でいるのか顔を見たかっただけですから」

吉蔵は弱々しく頭を下げて帰って行ったのである。

「求馬さま……」

千鶴は胸が詰まった。

幾つになっても母は母で子は子だ。

千鶴も亡き母の面影を記憶の中に必死に探して涙が溢れたことがあったが、吉蔵もまた、窮地に立たされて母の顔を見たかったに違いない。

その母親がいなくなったと知った時の落胆はいかばかりであったろうかと思うと、ますます千鶴は放っておけないと思った。

「ひょっとして、吉蔵さんは深大寺に行ったのかも、そう思いまして」

秀次は言い、千鶴を、そして求馬の顔を見た。

「まさかとは思うが、明日俺が行って確かめてくる」

求馬は言った。

五

翌日求馬は早速深大寺に向かったが、その日の深夜神田佐久間町《かんださくまちょう》で火事があり、怪我人や病人を診てほしいと浦島亀之助《かめのすけ》から使いを貰ったのは、夜が白々と明け始めた頃だった。

千鶴はお道を従えて現場に走った。

火事は和泉橋《いずみばし》よりの佐久間町一丁目の半分ほどを焼き、朝方おさまったということだが、辺りにはまだ煙が霞《かすみ》のように立ちこめて、焼けこげた強い臭いが鼻をついた。

「おとっつぁん、おっかさん！」

叫びながら焼け跡を捜す少年は着物も顔も煤《すす》だらけ、焼け跡に正座して念仏を唱え続ける老婆もまた、髪を乱し、顔は煤で真っ黒だった。

「先生……」

お道が痛ましい光景を見て千鶴の袖を引く。

だが、千鶴もその人たちに声をかけるまもなく、

「先生、こちらです」

猫八が手招いた。

二人は猫八の後に従って、河岸通りにあるお救い小屋に入った。

小屋は普段は荷揚げ人足たちの休息の場になっているが、火事や地震など天災が起きた時には、被災者たちの一時的な住み家となる。

戸口に立って見渡すと、疲れ果てた顔をした人々が、こっちにもあっちにもひとかたまりとなってうな垂れている。

小屋の片隅には、動けなくなった病人や怪我人が寝かされていた。

「怪我人病人の何人かは、近くの宗信《そうしん》先生のところに運びましたがご覧の通りで

す。とても手が足りません」

「わかりました。猫八さん、お湯をたくさん沸かして下さい。それから、傷の消毒に焼酎《しょうちゅう》がたくさんいりますから」

「承知」

猫八は番屋の方へ走って行った。

「お道っちゃん。手分けして、いいですね」

千鶴は腕をぐいとまくる。

「先生」

自信のなさそうなお道に、

「今まで教えてきた通りにすればいいのよ、大丈夫」

厳しく叱咤《しった》して、まずは動けなくなった人たちの脈をとる。

するとそこへ、数人の白衣を着た二十歳前後の青年たちが入って来た。

「桂先生ですか、私たちは医学館の学生です。お手伝いいたしますので指示して下さい」

きりりとした目で一人が言って頭を下げると、残りの者もそれにならう爽やかな一団だった。

医学館はここからさほど遠くない向柳原《むこうやなぎわら》にある。千鶴も留学するまで通った記憶があって、学生たちのきらきら輝いている目に懐かしさを覚えた。

前途洋々、夢に胸を膨らませていて、挫折《ざせつ》も知らない人たちである。

医術さえ磨けば病の大半は治る。自分こそ名医と言われる医者になろうという志を胸に秘めて勉学に励むのだ。

だが、この人たちも実際に医者として看板を上げ、様々な患者を診ているうちに、いかに自分が思い上がった考えを持っていたのだろうと思い知らされる時がくる。

正直、今千鶴は、病の多くは今の医術だけではどうにもならない側面をもっていることを痛感している。

人の体を治すのには、その人の心も一緒に治してやらなければならないのだと、つくづく感じる今日この頃である。

しかし思いがけない応援は有り難かった。

学生たちは包帯や薬もたくさん携帯してきていたから尚更《なおさら》だった。

「助かります。じゃあ動けない人、出血のある人、その次に子供老人を」

「承知しました」

学生たちは頷き合うと、言い交わしていたように患者の中に入って行き、てきぱきと治療を始めた。

心なしかお道も頬を紅潮させて張り切っているように見える。

――お道っちゃんたら。

ふと浮かべた笑みを引き締めて、千鶴が再び患者の怪我の治療を始めた時、

「先生、すみません。ちょっと」

浦島が呼びに来て戸口を指した。

小屋の戸口に戸板が置かれ、運んできた小者《こもの》たちが戸板の上の男を見下ろし話している。

「俯《うつぶ》せに倒れているのを見つけまして、とっくに死んではいるんですが、こんな物が懐に入ってましてね」

浦島は千鶴に、懐に入る小さな大福帳を見せた。

千鶴は手に取って、

「これは……」

驚いて浦島の顔を見た。

「権八と表紙にあります。中味は生絹買い付け帳ですが、先生が捜しているあの

権八ではありませんか」

千鶴は遺体の側にしゃがんで男の顔を見た。

まんまるい顔の眉の太い男だった。

「背中は焼けていましたが、俯せになっていたので胸の方は焼けていません」

浦島の説明を聞きながら、千鶴は懐から桜紙を出して人差し指に巻きつけると、男の鼻の中に差しこんだ。

「何してるんですか、先生」

「火事で亡くなったのではありませんね」

千鶴は鼻に差しこんだ桜紙を浦島に見せた。

「煙を吸って亡くなったのなら鼻の中は煤で真っ黒な筈です」

次に千鶴は、浦島に死体の帯をゆるめてもらって胸から腹部を点検し、異常がないことを確めると、

「浦島さま、手を貸して」

浦島を促して死体を横向けにした。

「これですね」

千鶴は遺体の背中を指した。

そこには黒く血がこびりついた一寸ほどの刺し傷と思われる跡があった。

「何か鋭利な物で刺されて亡くなったのです」

「ちょっと待って下さい。すると火事が起きた時には死んでいたという事ですね」

「殺して、それを隠すために火をつけたのかも」

「許せん。人殺しの罪も重いが火付けとなれば格別だ」

「浦島さま、この男が確かに権八かどうか、桔梗屋のおすずさんに首実検《くびじっけん》してもらって下さい。それと、この人が佐久間町のどこにいて、どうしてこのようになったのか、わかったら教えてくれませんか」

「承知した」

浦島は緊張して頷くと、側の小者に、

「おい、桔梗屋に走ってくれ。それからこの遺体は番屋に運んでおけ。いいな」

てきぱきと指示を与えると、千鶴に、

「じゃあ先生、後ほど」

意気込んだ様子で立ち去った。

「先生、まさか、桔梗屋の吉蔵さんが殺《や》ったってことありませんよね」

「お道っちゃん」

お道の言葉を制したものの、千鶴もそれを案じていた。

実際死人が権八だと証明されれば、姿をくらましている吉蔵も疑われる。

果たしてその夕、佐久間町の番屋に出向いて来たおすずによって、死人は権八に間違いない事が判明した。

「でも先生」

おすずは側に座す千鶴に不審な面持ちの顔を向けた。

「何故こんなところに権八さんが……権八さんはとっくにどこかに行ってしまったとばかり思っていたのに」

「おすずさん、気を悪くしねえで貰いたいんだが、この権八をご亭主の吉蔵さんが捜していた筈なんだ、そうだな。ところがどうやらこの権八は、蕎麦屋『益子《ますこ》屋《や》』の二階で三月《みつき》の間部屋を借りていたという事が、近所の者の話でわかったんだ。益子屋の主は上州《じょうしゅう》の者でね。権八は絹の買い付けで上州では知れた顔だ。つてがあって益子屋を頼り、人の目を避けるようにして暮らしていたんじゃねえかと思うんだが……おすずさんに聞きてえのは、吉蔵さんがそれを知ってたんじゃねえかって事だがね」

「親分さん……」

おすずはきっと猫八を見返すと、

「親分さんは、うちの亭主がこの人を殺したっておっしゃるんですか」

「いやいや、そういう訳じゃねえ。念のために確かめているだけだ。あっしもずっと吉蔵さんを案じてその行方を捜していた者だ。吉蔵さんがそんな事をしたなんて思いたくもねえよ。だがよ、十手持ちとして聞いておかなきゃならねえんだ。わかってくんな」

猫八はいたいたしげな目で返す。

「猫の言う通りだ。端《はな》から疑って聞いてるんじゃないぞ、おすず」

浦島が言った。

「浦島さま、親分さん。うちの人は、人殺しなんて出来ない人です。あの人、苦労をしてきた割には人を信じやすくて、優しくて……ええそうなんです。どんなに私たちを大切に思ってくれていたのかと、あの人がいなくなって改めて考えているんですから」

「それはわかるが、現に吉蔵は家を出たままだ」

「だからそれは、私がひどい事言ったからです。うちの人は確かに権八さんを捜していましたけど、だからといって、権八さんを殺すために捜してたわけじゃありません。吉蔵さんは悔しかった、哀しかったんです。念願の店を持って、それが繁盛して、もっともっと繁盛させたいと思っていたのにこんなことになって、いくら親友といったって、恨みごとのひとこともぶっつけたくなるのは当たり前ではないでしょうか。言わなきゃ腹の虫がおさまりませんよ。出来るなら、今取り戻せなくても、もう少し先になってもいい、出した額の半分でも戻ってほしい。そう思っていたんです。でもそれだって、そんな話に乗った自分が悪いんだって自分を責めてたぐらいですから、権八さんを見つけたからといって殺すなんて考えられません」

訴えるおすずの膝に置いた両の手は拳を作って震えている。息も乱れて激しい。

「おすずさん」

千鶴はおすずの手を包んでやった。

「先生……先生！」

おすずは、千鶴の膝に泣き伏した。

求馬が旅装のまま桂治療院に現れたのは、翌日の昼過ぎだった。

草鞋《わらじ》履きのまま石畳を踏んで玄関に向かったが、石畳と庭とを仕切る柴垣の向こうから手鞠歌《てまりうた》が聞こえてきて立ち止まった。

声の主の一人はお道だとわかったが、もう一人は幼い子の声だった。

ひとつとや　ひいとよあくれば　にぎやかに　にぎやかに
かあざりたてたる　松飾り　まつかざり

垣根から覗くと、やはりお道がおすずの娘おみやに教えているところだった。

「あのね、このお道が子供の頃に京育ちのお店の人に教わった歌おしえてあげようね」

「うん」

「聞いていて」

「うん」

「まるたけえびすに　おしおいけ　あねさんろっかく　たこにしき

しあやぶったか　まつまんごじょう　せったちゃらちゃら　うおのたな」

「うふふ、あはは」

女の子が笑い転げる。

求馬は微苦笑して垣根を離れた。

「桔梗屋の母子が来ているのか」

求馬は診察室に入ると、患者日誌をつけていた千鶴に訊く。

「ええ」

千鶴は、ここ一両日の話を求馬に告げた。

おすず母子は夕べから千鶴の診療所に引き取っていた。おすずの動揺が激しかったからだ。

「桔梗屋のお店は五郎政さんに留守番を頼みました。まだ掛け取りもやってくるようですし、それに吉蔵さんが戻って来たとき、おすずさんとおみやちゃんがここにいるってこと教えてあげなくては、そう思いまして」

「そうか、随分大変だったようだな」

「求馬さまの方はいかがでしたか。おせきさんに会えましたか」

「深大寺で虫売りをしていた良太がいなくて困ったが、伏見屋の若い衆秀次の話を思い出してな」

　求馬は、秀次の縁戚の者がやっているという深大寺の蕎麦屋を捜した。蕎麦屋はすぐに見つかった。

　大通りに面した場所に『深大寺蕎麦　つるや』という紺の暖簾をかけているのがそれだった。

　一見するに、どの店よりも結構繁盛しているように見えた。

　店の中に入り、秀次に教えられて参った者だが、おせきさんに会いたいというと、すぐに奥からおせきが出てきた。

　おせきはびっくりしたようだった。

「元気そうでなによりだ」

　求馬は、前垂れをかけ、襷《たすき》をかけたおせきの姿を見て、正直ほっとした。もしもおせきが伏せっていれば、桔梗屋の惨状を話して良いものかどうか迷っていたのだ。

「気が紛れますからね、手伝わせて貰っているんです」

「手伝うなんてとんでもない」

　はつらつとした声とともに、女将が出てきた。三十半ばのぽっちゃりした女

で、おつなと名乗り、

「こんなところじゃなんですから、まずはおせきさん、上にあがって頂いたらどうでしょうか」

求馬とおせきの背を押しやるように、おつなは二人を二階にあげた。二階には他に客はいなかった。窓の向こうには深大寺の鬱蒼と茂る樹林が見え、ところどころに色づき始めた木の枝が見えた。

「今、美味《おい》しいお蕎麦を運んでまいりますからね、存分に召し上がって下さい。そうそう、おせきさんが教えて下さった深大寺紅葉《もみじ》のてんぷらも一緒にどうぞ」

女将は機嫌が良かった。訊かれもしないのに、女将は言った。

「いえね、おせきさんには江戸で秀次がずいぶんお世話になっておりましてね、あの子は親戚中の厄介者だったのに、おせきさんのお陰で随分立派な男になりましてね。それだけでも申しわけねえって思っておりましたのに、私たちまでお世話になることになってしまって、ほんと、有り難てえって思っているんです」

ところどころに田舎弁を交えてしゃべる。

「なにしろ旦那、おせきさんがここに来てから、いろいろと商いの手ほどきをして下さいましてね、うちは今、深大寺蕎麦では一、二を競える店になったのでございますよ」

「女将、蕎麦は後で頂く。少し話をしてから頼む」

求馬は、女将を階下に下ろして、おせきと向かい合った。そして桔梗屋と吉蔵夫婦の近況を告げ、

「秀次の話ではひと月前に伏見屋を吉蔵は訪ねている。その時秀次はおせきさんがここにいる事を話しているのだ」

じっと息を殺して聞いていたおせきは、静かに首を横に振った。

「吉蔵はここには来ておりません。会ってもおりませんが、ずっと案じて暮らしてきました。その後の様子をお知らせ下さってありがとうございます」

気丈に応対するが、苦悶の色が頬を過ぎる。

「楽しい話ならよいが、知らせて良いものかどうか、ここに来るまでに俺も考えた。しかし、吉蔵の行方を一刻も早く知りたい。皆案じておるのだ」

「この場に及んで、倅《せがれ》を案じて下さっている方々のいる事を有り難く思います。私は、伏見屋を出る時には、もしやこういう事態になるのではないかと案じておりました。母親として手助けしてやれない事を苦しんでおりました。ここに移ってきて十分に考える時間がありましたが、それでわかったことは、あの子があん

なに功を急いだのはあたしのせいじゃないかと思っています。そして私がこうした立場に追い込まれ、胸を痛めて暮らすのもまた、私のせいだと、自分のせいだと思っています。罰《ばち》が当たったのでございますよ」

「罰だと……」

怪訝《けげん》な顔で改めて見た求馬に、

「菊池さま、私はね、昔亭主を捨て、子を置き去りにして江戸に出た馬鹿な女でございます」

苦しげに言った。

「おせきさん」

「本当なんです」

苦笑してみせ、おせきが語った話はこうだった。

今から十五年前のことだ。

おせきは高尾《たかお》の麓《ふもと》の村で宇兵衛《うへえ》という亭主と暮らしていた。

宇兵衛は小百姓の倅で、僅かな田畑だけでは食うこともままならず、庄屋の畑に手伝いに行って米を貰い、山に炭焼きに入って金に替え、それで暮らしを立てていた。

おせきの実家もさしてかわらぬ貧しい百姓だったが、おせきは庄屋の家で女中奉公していたから、文字も読め、宇兵衛よりは裕福な家の暮らしというものを見聞していた。

二人は互いに見初《みそ》め合って祝言を挙げ、吉蔵まで生まれたが、無口で読み書きのできない宇兵衛を、おせきはだんだん疎ましく感じるようになった。

やがて村に人寄せの仲立ちをする者がやって来て、江戸に行けばいい金になる、働いてみないかと誘われた。

おせきは乗り気だったが、宇兵衛はこの地を離れるのは嫌だ、行きたければ一人で行けと言うばかり。

とうとうおせきは一人で江戸に出て、柳原の船宿で仲居として働き、その金を宇兵衛に送った。

だが、半年ほど経ったある日、おせきを世話してくれた人寄せの男が、宇兵衛の離縁状を持って来た。

おせきは離縁されたのである。

一年後、おせきは伏見屋の仲居頭として雇われて、やがて儀兵衛に乞われて妻となり、伏見屋の女将になったのだった。

女の腕でもやれるところまでやってみたい。おせきは仕事に邁進《まいしん》した。功を奏して東両国に伏見屋ありと言われるまでになったのだが、ふと、儀兵衛とは夫婦らしい繋がりのない事に気がついた。

おせきは言った。

「儀兵衛は、絵の他には興味のない人でした。絵のためならどれほどのお金をかけても惜しくないという人でしたが、他のことにお金をかけたり情をかけたりすることが出来ないのです。親兄弟もおらず、所帯も持ったこともない人でしたから、そういうふうになってしまったのかなと、私もさして気にしておりませんでしたが、ある日のこと、うちの店に炭薪をおさめて下さっている岩田屋《いわたや》さんが、加賀屋さんで奉公している手代の吉蔵は、私が宇兵衛のもとに残してきた私の倅だと教えてくれたんです。驚きましたが嬉しかった。別れて久しい息子がこんな近くにいたのかと思うと、心に新たな張りのようなものができました。まもなく、その倅が加賀屋を出、お嫁さんを貰って小間物屋を開くと知った時には、嬉しくて少しでもお祝いをしてあげたくて儀兵衛に話しました。すると儀兵衛から『私は関係ないからね、お前もそのつもりで』と釘を刺されましてね、はじめて夫の心の中を見たと思ったんです」

おせきは哀しげな表情をみせた。

儀兵衛は自分を拾ってくれた人だ。やりがいのある女将にしてくれた人だ。だから私は寝食を忘れて働いて、儀兵衛に好きなだけ絵を描いてもらおう。純粋にそう思って働いてきたことに、黒い影が差したのだった。

この人は、人から思いやりを貰うのは当たり前だが、自分が人を思いやるなんて事は、心の片隅にもないのだと思った。

おせきは儀兵衛に内緒で、儀兵衛の妻になる前の、仲居をしていた頃に貯めた金三十両を、秀次を使って吉蔵に届けてやった。

その金は、いつか別れた倅に渡してやろうと貯めたもので、伏見屋の金ではなかった。

だが、店を始めて繁盛していた吉蔵の桔梗屋が危ないと知った時、おせきは何もしてやれない事に胸を痛め、いたたまれなくなった。

伏見屋の女将である限り息子を助けてやることは出来ない。それなら儀兵衛と別れて一人になって、思う存分心をかけてやりたい。

「母親として何が出来るか……それがなんであれ、伏見屋にいたのでは出来ないと思いまして」

それで伏見屋を出たのだとおせきは言った。

「なんとなく、そういう事ではないかと考えていました」

求馬からおせきの話を聞いた千鶴は言った。

求馬は懐から紫の袱紗《ふくさ》の包みを取り出して千鶴の前に置いた。

「五十両ある。おせきさんが伏見屋から持ち出した全財産だ」

「まあ」

「伏見屋の金庫には金がうなるほどあると聞いているが、おせきさんはたった五十両だけを持って出たというのだ。しかもこの金、吉蔵がもしも困って訪ねてきたら渡してやりたいと思っていたと、俺に託した」

「……」

「そういう訳でな、吉蔵は深大寺には行ってはおらぬよ」

「高尾かしら」

ふいに千鶴が呟いた。

「ふむ、昔暮らしていた村は、確か神尾村《かみおむら》と言っていたな」

「神尾村……」

呟いた千鶴の耳に、

「千鶴先生はいるな」

四角張った亀之助の声が聞こえた。

六

「佐久間町の蕎麦屋、益子屋の益次郎《ますじろう》でございます」

浦島亀之助が連れてきた鼠顔《ねずみがお》の男は、手ぬぐいで首から吊った腕をさすりながら頭を下げた。

「益子屋は宗信先生のところで治療を受けていた。外出してもよかろうという事なので千鶴先生にも会ってもらおうと思ってな」

亀之助はそう前置きすると、

「先生に話してくれ。お前さんの家の二階に泊まっていた権八の事だ」

益子屋を促した。

「はい。権八さんがうちに来たのは、上州の利助《りすけ》という馬方の紹介でした。利助は権八さんが買った絹を運ぶために雇われたことがあって恩義を感じていたんだと思います。権八さんをしばらく置いてやってほしい。ついちゃあ、あんまり権八さんが永泊まりしていることを人に言わないで欲しいと……」

鼠顔の男は、糸を繰るように、思い出しながら順を追って話した。

益子屋の客は、大半が上州の者か、それに繋がる者たちである。

その者たちを通じて、権八が生絹を買い集めている男だとは聞いていたが、まさか権八が人に追われているなどという事は益次郎は知らなかった。

だが、そのうち、外出もせず、家の中に引きこもっている客に不審を持たないわけがない。

何かあるのだなとは思ったが、人を騙して益子屋を隠れ蓑《かくみの》にしていたなんて事は知るよしもない。

三日前に深川の月徳とかいう男が権八を訪ねて来たが、権八の宿泊は他言無用と約束させられていたので、益次郎は知らぬ存ぜぬを通した。

ところが、

「あの火事の晩です」

益次郎は俄《にわか》に恐怖におののく顔をして、

「二階の権八さんの部屋で悲鳴が聞こえたものですから、階段を駆け上がろうとして二、三段登ったところで、二階から飛び出して来た男に私は突き飛ばされました」

「その男の顔は……見たんでしょう」

「いえ、それが……ただ、私が起きあがって二階に上がった時、権八さんは背中から血を流していて、私にこう言いました。吉に殺《や》られたと」

「吉に殺られた！」

千鶴は驚愕《きょうがく》して亀之助を見た。

「そういうことだ先生、困ったことになった。飛び出して行った男は、戸口に火をつけて逃げた、それがあの晩の火事の原因だったのだ」

「………」

「益次郎には内儀がいるが、その晩は品川《しながわ》の姪《めい》っ子が祝言を挙げるとかで泊まりで出かけて留守だった」

「吉蔵さんが殺しをして、その上に火付けを……」

「はい」

益次郎は頷いて、

「権八さんは、私が抱き上げると、最期の力を振り絞って、確かに吉に殺られたと……」

「…………」

「困ったことに、同僚の鬼塚《おにづか》さんが、権八殺しは吉蔵で決まりだと、吉蔵の行方を捜しはじめた」

亀之助が嘆息まじりに言った時、かたんと音がして振り向くと、乱れ髪を頰に落としたおすずが、戸の向こうで驚愕の顔をして立っていた。

「おすずさん」

「夫は、あの人は、そんな人じゃありません！」

玄関に走って行った。

「おすず」

側で聞いていた求馬が追いかけるが、すぐに戻って来た。

「恐ろしい勢いで門の外に出て行ったぞ」

「…………」

千鶴は不安な顔で求馬を見た。

しんとなって互いに見交わす一同の耳に、庭で遊ぶ屈託のないおみやの手鞠歌の声が聞こえてきた。

まるたけえびすに　おしおいけ
あねさんろっかく　たこにしき
しあやぶったか　まつまんごじょう

「おみや……」

吉蔵は、娘のおみやが両手を広げ、膝を落として待ち受ける吉蔵の胸に飛び込んで来た夢を見て飛び起きた。そして辺りを見渡した。

板間の上に筵《むしろ》を敷いた囲炉裏《いろり》のある茶の間に、継ぎの当たった重たい夜具を被って自分は眠っていたのだと気がついた。

囲炉裏には赤い火が燃え、ぱちぱちと音を立てている。そして自在鉤《じざいかぎ》にかかった黒い鍋には、麦や粟《あわ》などの雑穀に茸《きのこ》を入れた雑炊《ぞうすい》が湯気を立てていた。

吉蔵には湯気の匂いで何の雑炊かわかる。

そして火を囲むように、鮎《あゆ》の串刺し三本とイワナの串刺し二本が、肌に白い塩を見せて焼けていた。

何もかも昔と変わらぬその光景は、吉蔵が生まれ育った故郷の我が家の囲炉裏端だったのだ。

表の戸が、がたぴし音を立てて開いたと思ったら、背の丸くなった小男が、木の枝を両腕に一杯抱えて入って来た。

「目が覚めたか」

小男はぶっきらぼうに言い、囲炉裏の側に上がって来て木の枝を置き、その中から一本を選び取ると、乾いた音を立てて折り、囲炉裏の火の中にくべた。

思い出したように囲炉裏の火が音を立てる。

「おとっつぁん」

吉蔵は呼んだ。白くなった父親宇兵衛の頭をチラと見た。

「ずいぶん疲れていたようだな。まる一日眠ったろ」

「丸一日」

吉蔵は外を見る。

板壁の破れた箇所から、外に日の光がまだ満ちているのを知った。

そういえば昨日の昼過ぎ、吉蔵は飲まず食わずの疲れた体で、この実家にたどり着き、ちょうど戸口に現れた父親の宇兵衛と顔が合ったが、何も言葉を交わすことなく、そこに倒れふしたのだった。

「おめえの好きだった茸のへえった雑炊だ。こっち来て食え、食ったら元気になるべ」

「おとっつぁん……」

吉蔵の胸を、きりきりと後悔が渦巻いている。

母を離縁した父を憎み、故郷を捨てた俺に、父親は少しの恨みも怒りも持ってないというのだろうか。

「すまねえ、おとっつぁん」

「何なさけねえ顔をしてるんだ。おめえの家じゃねえか」

「おとっつぁん、おとっつぁんは俺を恨んでいねえのか。父親を捨てて勝手に江戸くんだりまで出て行った俺を」

「みんな忘れた。何があったかしれねえが、ここはずっとおめえのうちだ」

「おとっつぁん、俺は俺は」

「何も話さなくていい。飯食ったら出かけるでな、また忙しくなる」

宇兵衛は、これから始まる炭焼きの事を言っているのだった。

吉蔵は、涙と一緒に熱い雑炊を掻き込んだ。胸が焼けそうだった。

宇兵衛はそれ以上何もしゃべらなかった。黙々と雑炊を食った。

椀の中を確かめ確かめ食う父親は、もう目が年老いている証拠だと吉蔵は時々盗み見をしながら箸を動かした。

「行ってくる。寝とけ」

宇兵衛はそう言うと、土間の隅にかけてある負い子を背負い、手に鉈《なた》を持って外に出ていった。

宇兵衛はこれから山に分け入り、炭焼き用に伐採する木を選別し、窯《かま》の傷みを確かめて修理し、現金収入を得ることの出来る炭作りの準備のために、山道を登り深い山に分け入るのである。

物心ついた頃から、宇兵衛は毎年、黙々と山に入って炭を焼いてきたのであった。

宇兵衛は、炭焼きが根っから好きだった。それに、贅沢は望まない。食えればいいと考えている。

山の神に祈りを捧げて、山の資源を恵んで貰って暮らしていく。

昔も今も、宇兵衛の暮らしは少しも変わっていなかった。

その父を捨てるようにして、吉蔵は江戸に出て加賀屋に入ったのである。

なんの変化もない山の暮らしが吉蔵は嫌だった。

山肌にへばりつき、はいずり回り、ろくろく米も口に入らないような貧しい暮らしが嫌だった。

見渡す限り山また山の、そして深い樹林に押しつぶされるような暮らしは嫌だった。

もっと広いところに出て自分を試してみたかったのだ。

——親父のような生き方はしたくない。

まるで親父は螻蛄《けら》ではないかと、我が父ながら蔑《さげす》むような思いが次第に胸に膨らんだのだった。

螻蛄は茶褐色の昆虫で、秋の地中でジージーといじけた声で鳴く虫だ。頭部は小さく、前肢はコテのようで、不格好な体で土中の根を食べて生きながらえるのだ。

——俺は螻蛄にはなりたくない。

その思いが募《つの》って家を出たのだが、しかし江戸に出てから、父親への反発よりも母親の行方が気がかりだったことも、村を捨てた原因だったと思ったことがあった。

だから母が伏見屋で暮らしていると知った時には、再会する時には立派にこの江戸で生きている姿をみせてやりたい、そういう気持ちがまずあった。

その一方で、少年の自分を置き去りにした母親への恨みも残っていて、ただ無事で生きている姿を見せるだけではもの足りない、成功者としての自分を見せつけてやりたい、そんなうぬぼれた夢想もあったのだ。

その母親から店を開く時の足しにしろと三十両を貰った時には、母親がずっと自分を案じてくれていたと知って嬉しかった。

お陰で小間物の背負い売りをしなくても、早々に店を構える事が出来た。

それからは、

——何十倍にもして母親に見せてやりたい。

そんな夢を持った事が、権八に騙されて、結局店を失うことになったのである。

——奈落の底に落ちた。

父親がくべた薪《たきぎ》の炎が勢いよく燃え上がるのを、吉蔵は凝然として見詰めていた。

七

「やれやれ、やっと寝ついてくれました」

お竹が疲れた顔をして、千鶴の部屋にお茶を運んできたのは夜の四ッ（十時）も過ぎた頃だった。

おみやが母親の姿を求めて泣き続け、子守に疲れたお道がお竹に助け船を求め、ようやくお竹の部屋に寝かしつけたのだった。

「ごめんなさいね、お竹さん」

「それにしても、おすずさんは何処に行ったんでしょうね。桔梗屋に帰った形跡もないし、おみやちゃんをほっといて、どういうつもりなんでしょう」

「すみません、苦労をかけます」

「いいんですよ、私、千鶴先生の幼い頃を思い出して懐かしくなりました」

「お竹さん」

千鶴が照れくさそうにお竹をにらむと、

「母さま、母さまって、亡くなられたお母上様のお部屋から出てこなくって、困ったことがありましたけど……可哀そうで、本当にどうしてさしあげたらよいものかと途方に暮れたものでした」

「手を焼かせたんですね」

千鶴にも微かに記憶があるが、今となっては気恥ずかしい思い出だ。苦笑して聞くしかなかった。

「お忘れでしょ。でも千鶴先生は、お医者になるお勉強を始めた頃から涙を流さなくなりましたね。歯をくいしばって我慢している姿を私はたびたび見ておりますが、東湖《とうこ》先生が千鶴先生の手を両手で包んで『千鶴、母上はお前の心の中にいる。お前の体を流れている血の中にいる。お前をずっと見守っている』っておっしゃったあの言葉が、きっと千鶴先生を強くなさったんでしょうね。この世に、母に勝るものはありませんもの」

お竹は、一人しゃべりしながら辺りを片づけて、ひょいと熱心に千鶴が向かっていた文机《ふづくえ》に目を遣った。

「あら、それは、殺された権八さんが持っていたという大福帳ではありませんか」

「ええ」

千鶴は机に視線をちらと遣って、お竹が出してくれた茶碗に手を伸ばすと、

「吉蔵さん以外の吉という名のつく人を捜しているんです。権八さんが死ぬ寸前に叫んだ吉という名の男は、何処の誰なのか」

「わかりましたか」

「この帳面にあるのは、生絹を生産する農家の一人に吉之助《きちのすけ》っていう名が書いてありますが、あとは問屋の吉兵衛《きちべえ》さん、他には見あたりませんね」

「その人たちが下手人《げしゅにん》じゃなかったら、吉蔵さんが疑われるってことですか」

「求馬さまも調べて下さっています。そちらの話を聞いてみなくては……」

「行きずりの犯行ってことは？」

「難しいですね。往来ならばそうでしょうが、部屋の中ですから、二階に訪ねてきているのですから、行きずりというのは考えられませんね」

「ほんと、先生は何故こんなに事件に巻き込まれるんでしょうね。お医者の仕事で手一杯だというのに」

お竹が嘆きの深いため息をついた時、

「ごめんなさいやし、猫八でございやす」

足音がして、お道と一緒に猫八が入って来た。

「大きな声がするので門のところまで出てみたら、猫八さんが立っていたんです。先生に今夜のうちにお知らせしたいことが出来たって」

お道が言った。

「すいません、夜分にどうしようかと考えましたが、浦島の旦那が早いほうがいい、知らせてきてくれとおっしゃるものですからね。先生、えらいことになりましたよ、鬼塚の旦那が吉蔵の他に下手人がいる筈がない。明日から吉蔵一本で探索すると言い出しましてね」

「何か確かな証拠があったんですか」

「いえ、益子屋が言った『吉』という言葉ですよ。浦島の旦那はもう少し待ってほしいと頼んだんですが、鼻で笑われて、はいおしまいですよ」

「猫八さん、鬼塚様は権八さんが石川島の人足寄場にいた事はご存じなんでしょう」

「へい」

猫八は苦々しい顔で頷いた。

その話は、権八の過去を調べていた求馬が、加賀屋で権八と同輩だった米助という男から聞いてきたものだ。

権八はそもそも加賀屋にいた頃から粗暴なところがあったのだが、加賀屋を辞めてまもなくのこと、両国で喧嘩して相手を傷つけ、それで石川島に送られたというのであった。

御赦免《ごしゃめん》になったのは三年前。島で何かあったのではないか、そちらの線に吉という名の男がいるのではないかと求馬が浦島に助言して、いま浦島は人足寄場の役人に事情を話し、島での暮らしを調べ始めたところだった。

「しかしそれももう遅い。鬼塚の旦那に狙われたら百発百中、縄をかけられたら皆自白するって噂です。落としの鬼塚って異名をとってる旦那ですからね」

「でも、それっていいのかしら。無実の者に無理矢理罪を認めさせているってことはないのかしら」

「あるかもしれねえ。しかしあの旦那は、どんな手を使っても吐かせる。それが、鬼塚の鬼塚たるところだとおっしゃって。そんな訳ですから、こりゃあほっとけねえ。早く先生にお知らせしておかなくてはと走って来たのでございやすよ」

——そんな無茶な。

と思うのだが、無い話ではない。

「でも、浦島さまは石川島での事、調べるのを止めた訳ではないのでしょう？」

「もちろんです」

力を込めて猫八は返事をしたが、千鶴は俄に不安を覚えていた。


その吉蔵は、秋の色濃い高尾の山の中へ、父親の後ろについて入っていた。

清澄《せいちょう》な空気、深閑とした木立の中に聞こえるのは、二人が山道を踏みしめる単調な音だけである。

時折木の葉の落ちる音や、驚いて飛び立つ鳥の鳴き声と羽音を聞くことはあるが、しばらく江戸の賑やかな場所で暮らしていた吉蔵には、わが故郷ながら新鮮な空間に踏み込んだ気がしていた。

「しかしなんだな、吉蔵。おめえとこうして山に入れるとは思ってもみなかったな」

宇兵衛は杣道《そまみち》を踏みしめ踏みしめ確かめるように歩きながら、後ろに続く吉蔵に語りかけた。

声は小さいが、宇兵衛の声は嬉しそうだった。

吉蔵は父親の言葉に胸が痛んだ。

懸命に後を追いながら、息を切らした声で、

「窯は遠いのか」

話題を変えた。父親に優しい言葉をかけられるのが辛かった。

つい親の情に甘え、商いに失敗して帰って来たなどと告白すれば、父親を心配させるだけだ。いや、それどころか、いっそ死んでしまおうか、せめて親父の顔を見てからなどと、そんな切羽詰《せっぱつ》まった気持ちを胸に故郷に戻ってきたなどと話せばどうなるか。

秘した決心はけっして父親に悟られてはならなかった。

ただ、吉蔵は昔と変わらぬ父親の姿を見て、不思議な力が生まれてくるように感じていた。

この田舎の地にへばりつくようにして生きてきた父は、まるで螻蛄だ。人に見向きもされない虫けらだ。

だがその螻蛄の生き方に、吉蔵は今たくましさを感じている。

——自分も、螻蛄のように生きてきていれば……。

今のような窮地に立たされる事もなかったのではないか、と吉蔵は思う。

母を憎み、母を慕い、父を情けなく思い、父を疎ましく思うことが江戸に出る

ことになったのだが、その根幹には、家族がバラバラになった事への憤《いきどお》りがあったように思われる。

しかし、江戸で母が自分をずっと思っていてくれた事を知り、今また父が黙って吉蔵を受け入れてくれたことに、吉蔵は長年の両親へのわだかまりが解けていくのを覚えている。

「ここだ」

宇兵衛は山の中腹にある自分の窯を吉蔵に教え、今年の冬から来春にかけて切り出すクヌギや樫《かし》の木を見回って、

「今年伐採すれば、切り株から芽が出るだ。そしたら、十年後にはまた伐採できる。切ってやらなきゃ陽が入らねえから森は死ぬ。だから、森も人も助け合って生きてるだ。何、近頃ここら辺りの炭は高値で売れるようになったからな。食うには困らねえ、だからおめえは俺のことなど心配しなくてええんだ。やりたい事をやればいいだ」

宇兵衛は珍しくよくしゃべった。

太陽が西の空に移ると、宇兵衛は雑木の中の枯れ枝や割り木を集め、自分も背負い、吉蔵にも背負わせて、二人で帰路についた。

い。

――やりなおそう。

おすずとおみやのためにも、父親の宇兵衛のように螻蛄になってやるしかない。

我が家の屋根が見えた時、吉蔵は新たな決意を固めた。

だが、家の前まで帰って来た吉蔵と宇兵衛は、見知らぬ男二人が待ち受けているのを知った。一人は旅姿の武士で、もう一人は武士の供だとわかった。

「吉蔵だな」

武士は言った。南町奉行所同心鬼塚作之進《さくのしん》だった。

そして連れている町人は、鬼塚の手下、岡っ引の春次《はるじ》だった。

その春次が、鬼塚の後をとって言い放った。

「吉蔵、権八殺しで召し捕る！」

「権八殺し？……知らん、俺は知らん」

驚愕する吉蔵に、二人は十手を勇ましく抜きはなった。

「いい訳は番屋で聞く。お前は益子屋に宿泊していた権八を突き止め、主の益次郎がいないのを確かめてから権八に会いに行った。そして、言い争いの末に権八を刺して逃げ出した。置きみやげに家に火をつけてな」

　鬼塚は言い、春次と吉蔵に近づいて来る。

「知らん、知らない話だ」

　吉蔵は、激しく首を振って否定するが、鬼塚に聞く耳は無い。

　その時だった。

「倅は渡さねえ！」

　宇兵衛が戸袋から鍬《くわ》を持って来て二人の前に立ちはだかった。

「とっつぁんかい、邪魔をすると、おめえまでお縄になるぜ」

「やるならやってみろ、おらの大事な倅だ、渡さねえ」

「おとっつぁん」

　吉蔵が叫ぶ。

「いいから、逃げろ！　誰がなんと言っても、おらはおめえを信じている、逃げろ！」

　だが吉蔵は、

「わー！」

　側にあった竹の棒をつかむと、二人に飛びかかった。

次の瞬間、竹の棒は空に飛んだ。

吉蔵は、肩を鬼塚の十手でしたたかに叩かれて膝を着いた。

同時に、春次が飛びかかって縄をかける。

「止めてくれ、やめてくれ。吉蔵、吉蔵」

宇兵衛が両膝を着いて泣き叫ぶ。

「おとっつぁん……」

一度も見たことのない父の涙に、吉蔵は胸が潰れそうになった。

「立て」

春次が乱暴に吉蔵にかけた縄を引っ張った、その時、

「待て、その縄を解け」

求馬と猫八、それに千鶴が走って来た。

「なんだなんだ、浦島んとこの猫じゃねえか」

鬼塚はにやりと笑う。

「鬼塚様、その縄を解いて下さいやし。権八殺しは吉蔵ではございやせん。益子屋益次郎でございやした」

「何」

驚愕する鬼塚に、猫八は説明した。

権八は石川島の人足寄場で、本名は寅吉《とらきち》だが、みんなに吉と呼ばれていた男と仕切り役をめぐって争いとなって勝ち、以後吉をなんども酷い目に遭わせていた。

小屋の中で手下となった寄場人足に命じ、事あるごとに殴る蹴るの暴行を加えていたのである。

権八のいた小屋には二十人ほどが寝起きしていたが、頭は二人もいらないと、徹底的に寅吉を痛めつけたのである。

この時の暴行で、吉は足の骨を折っている。

だが吉は、寄場の役人には、材木を運んでいて骨を折ったと嘘をついている。それはいつか、寄せ場から解放されたあかつきに、権八に報復するためだったのだ。

恨んでいた事が大勢の人に知られていれば、権八を殺った時に、一番に疑われるのが自分である。だから役人には言わなかったのだ。

やがて、先に御赦免になった権八が島を出て行った。

寅吉は翌年島を出ているが、なんと益子屋益次郎は、寅吉の兄だったのだ。

飛んで火にいる夏の虫とはこのことで、益子屋の知らせを受けた寅吉は、兄の益次郎と結託して権八を殺し家に火をつけて、殺しの証拠を消そうとしたのであった。

「鬼塚の旦那、いまごろうちの旦那が益子屋を番屋にしょっぴいている頃でございやす。どうぞその縄をお放し下さいまし」

「ちっ、寝ぼけ浦島が……」

鬼塚は苦々しい顔で春次に顎を振った。

春次は、いまいましそうに縄を解いた。

砂を蹴って去って行く二人にかわって、おすずが現れた。

「おすず」

驚く吉蔵に、おすずは泣きながら言った。

「こちらにいる千鶴先生が助けて下さいました。吉蔵さん、ごめんなさい」

おすずは、吉蔵の側に走り寄った。

「おすず……」

おすずは千鶴の治療院を出てから、一人で高尾にやってきていた。

吉蔵に逃げろと知らせてやりたいと思ったのだが、義父の家がわからずに困っていたところを千鶴に見つかり、一緒に同道してきたのである。

「吉蔵さん」

吉蔵の手を取り泣くおすずに、千鶴が近づいて言った。

「吉蔵さん、おせきさんもあなたの事を案じていますよ。おせきさんはね、今深大寺にいます」

するとと横から求馬が袱紗を差し出して吉蔵の手に握らせた。

「お前のおっかさんからだ」

「………」

吉蔵は、その包みを固く握りしめていた。

それを見詰める宇兵衛の顔にも涙が光る。

その時だった。縁の下から、遠慮がちに螻蛄の鳴き声が聞こえてきた。

「吉蔵さん、おすずさん。おみやちゃんが待ってますよ」

千鶴は明るい声で言った。

第二話　幼馴染《おさななじ》み

一

男は米沢町《よねざわちょう》の飲み屋を出ると、横山町《よこやまちょう》の大通りに出た。

前方を見据え、まっすぐ通りを西に歩いて行く。

頃は六ツ、すっぽりと闇に覆われた通りには、軒行灯《のきあんどん》が煌々《こうこう》と輝いて、行き交う人々は賑やかな声を立てて過ぎていくのだが、その男だけは少々様子が違っていた。

男は、背が低く頭でっかちだった。眉は濃く、鼻は団子鼻《だんごっぱな》で唇も厚かった。

どうみてもいい男とはいえない三十前後の男だが、悪相というわけではない。

見ようによっては愛嬌のある、善良そうな顔立ちだが、だからこそ、その男が唇を引き締めて歩く姿には、何か大きな決心をしたという、胸に秘めているものを今にも爆発させそうな、そんな気配が感じられた。

男の名は捨松《すてまつ》、今は着流しで法被《はっぴ》は着ていないが、馬喰町《ばくろちょう》二丁目のうなぎ長屋に住む下駄《げた》職人だった。

長屋の所は今歩いて行く通りの北側にある。家に帰るのなら通りから北に抜ける道に入らねばならないが、男はまっすぐ西に向かっている。

やがて捨松は、浜町堀《はまちょうぼり》に架かる緑橋《みどりばし》の袂《たもと》で立ち止まった。その目は橋の前方を見据えている。

その視線を遮《さえぎ》るように、橋の西袂から一丁の町駕籠《まちかご》が渡って来、捨松の後ろからは、若い男が娘の肩を抱くようにして橋を渡って行くが、捨松はそんなものには目もくれなかった。

大きく息をつくと、捨松は一歩一歩確かめるように、前を見据えて橋を渡った。

渡りきったところで捨松はまた立ち止まった。

目の前の、小さな紺暖簾《こんのれん》のかかった店を見詰める。

腰高障子には、墨字で『茶漬け、酒　おみさ』とある。

捨松は、胸を膨らませると、もう一度大きく息を吸って吐いた。

そして障子に手をかけると、勢いよく腰高障子を開けた。

「いらっしゃいま……」

店の中から振り向いた女が、すぐになんだというような顔になって、

「どうしたのよ、珍しいじゃない、呑んできたのね」

捨松に言った。

ぽってりとした唇の下に、黒子《ほくろ》の目立つ色っぽい女である。この店の女将《おかみ》だった。もっとも女将といっても、一人できりもりしている店である。

「み、みさちゃん」

捨松は腰掛けに座ると、いきなり懐から木綿《もめん》の布に包んだ物を出し、女将の前に置いた。

「も、貰ってくれ」

緊張しきった目を、真向かいに座ったおみさに投げた。

おみさは、捨松の顔を試すような目で窺った。口辺には笑いを含んでいる。捨松の様子を楽しんでいるようにも見えた。

「あら、何かしら」

おみさは木綿の布を見てから、捨松に視線を戻した。

「塗り下駄だ。お、俺がつくったんだ。使ってくれ」

捨松は説明するのももどかしそうに、包みから一足の塗り下駄を出した。

「いい色、塗りもいいし、この鼻緒《はなお》も素敵」

おみさはその下駄を取り上げると、大げさに歓声を上げ、

「本当に貰っていいの？」

捨松に念を押した。

下駄は赤みがかった黒漆塗《くろうるし》りで、鼻緒は緋縮緬《ひぢりめん》のびろうどである。上等な京草履《きょうぞうり》を思わせるような美しい下駄だった。

「は、履いてみろよ」

捨松は興奮した目で言った。

「うれしい！」

おみさは下駄を下に置くと、白い足をすいと入れた。漆塗りの下駄に白い素足が映え、捨松はそれを見ただけでめまいがしそうな感覚にとらわれていた。

「き、気に入ってくれたかい」

「もちろんよ」

おみさは、店の中を新しい下駄の歯音をかみしめるように行ったり来たりして、

「ありがと、大事に使うわ。とびっきりのいいとこに行く時に履くね」

小娘のように喜んで見せ、思い出したように小さく手を叩くように合わせると、

「そうだ、松ちゃん、お芝居見に行こうって言ってたわね、その時に履くね」

男なら涙が出そうな言葉を連ねた。

「み、みさちゃん」

捨松の胸に熱いものがいちどきにおし寄せた。どうせ実現などするはずもない、半ばやけ気味に口にしてみた芝居見物のことを、おみさは覚えてくれていたのである。

「お、おいら、う、嬉しいよ。待ってた甲斐《かい》があったよ」

「何言ってるの、こっちこそ感謝感激。こんなおばあちゃんなった女に声かけてくれてさ、やっぱり幼馴染みね」

「馬鹿言うな、おばあちゃんだなんて、まだまだ二十歳前の娘のようだぜ、みさちゃんは」

「うまいこと言って」

「ほんとだって」

「ありがと」

「みさちゃん。おいらには、な、なんでも言ってくれ。おいら、みさちゃんのためなら、火の中水の中、飛び込んでみせる」

「そんな大げさな」

おみさは、ころころ笑って、

「何か作ってくるから待ってて、お酒も少しは飲むでしょ、あたしも呑むから」

弾んだ声で言い、板場に向かった。

だがその時だった。乱暴に戸が開いた。

振り返ったおみさが、ぎょっとした顔で、

「旦那……」

思わず声をあげるが、その顔は凍りついている。

やって来たのは鬢《びん》に白髪が無数に走る六十過ぎの男だった。男はむっつりとした顔で店の中に入って来た。

上物の着物を着て、歳には似合わぬ艶《つや》やかな顔色をしている。目元にもまだ若い男が持つ力があった。見開いた眼の奥からは鋭い光を放っていた。

男は、じろりと捨松を見遣り、それからおみさに言った。

「ふん、今度は年相応の若い男をくわえ込んだという訳かね。どうりで私の誘いを断る筈だ」

口汚なくののしったが、どこか無理をして凄んでいるように見えた。

「旦那、この人、そんな人じゃありませんよ。幼馴染みなんですよ。変な勘ぐりは止して下さいな」

おみさの顔に動揺が走った。

「勘ぐりなんかじゃないね。男の腕枕が一日だってとぎれちゃ生きていけないお前さんだ。幼馴染みだなんてきれいごとが通ずると思っているのかい」

じろりと捨松を見て、

「しかも、よりにもよって……」

侮蔑の目で笑った。

刹那《せつな》、捨松は男の前に立ちはだかっていた。

「何だ、亭主のようなその言い様は……お前はみさちゃんの何だ」

「松ちゃん、止めて！」

おみさが走ってきて捨松の腕をとった。すると、

「私がこの女の何か聞きたいか……ようし、言ってやろう」

男は余裕たっぷりに笑った。

「待って」

おみさは手を上げて男を制した。そして息を整えると、

「私が言います」

男を睨みつけると、その眼を捨松に向けた。

「松ちゃん、この人、私の男だった人なの」

「う、うそだ」

捨松は思わず叫んでいた。耳をふさぎたくなるようなおみさの言葉だった。

男に腕枕されているおみさの生々しい媚態が、捨松の頭の中を駆けめぐった。

「でもね松ちゃん、この人とはもう終っているの、今は幼馴染みの松ちゃんの方が大切よ、本当にそう思っているのよ、信じて」

おみさは潤んだ眼で捨松を見つめる。

「ふん、とんだ世話ものだな」

男は皮肉な笑いを浮かべると、

「そういうことならいいだろう。おみさ、お前さんとのことはもうおしまいにしようじゃないか。その代わり、お前に出してやった三百両の金は返して貰うよ」

「旦那、それじゃあ約束が違うじゃありませんか。お金は、これはお前にあげるとおっしゃったでしょ。あれは嘘だったと言うんですか」

「ふん、小娘じゃああるまいし、渡す金の裏には何があるのかわかってる筈だ。金を返すのが嫌だったら私の言うとおりにするんだね。どうだい……いっそこの店など畳んで私と暮らそう。おいで」

　おみさの手首をつかんだ。

「止して下さい！」

　おみさはその手首を振り払おうとするが、

「来るんだ」

　男はぐいとひっぱった。老人とは思えぬ力強さで、おみさはよろりとよろけた。

「止めろ……何、しやがる！」

　捨松が男の手をひねりあげて、おみさを男の手から奪いとった。

　二人は無言で睨《にら》み合った。緊張した空気が店をつつんだ。やがて男は捨松に鋭

い視線を投げかけたまま、

「この女がどんな女かお前にも今に分かるよ」

冷ややかな笑みをもらし、今度はおみさに近づいて、横を向いたおみさの顔をぐいと自分の方に向け、

「私の女だと思えば金も工面《くめん》してやったのだ。いいかね、こうなったら全額返して貰うよ。金がないというのなら、この店から出て行くんだ、売女《ばいた》め！」

男は吐き捨てると、足音を立てて出て行った。

「誰だい、あれは」

まだ驚きの色に顔を染めたまま、捨松は訊いた。

「ちくしょう、馬鹿にして」

おみさは板場に駈け込むと、塩壺を抱えて出てきた。そして男が今出て行った戸口に立つと、

「おとといきやがれ！」

威勢良く外に向かって塩を撒いた。

だが、我に返ったように捨松に振り向いたその双眸には涙が見えた。

「松ちゃん、助けて」

弱々しい声を出しておみさは捨松に走り寄ると、捨松の手に縋《すが》りついた。

「み、みさちゃん……」

恐る恐るおみさの肩に手を置いた捨松に、おみさは訴えた。

「あんただけが頼りよ、ほんとよ、松ちゃん」


「まあ、それは良かったこと、長い間のご苦労が認められたなんて」

千鶴は目を丸くして捨松を見た。

捨松は恐縮して膝を揃えて座っている。

診察室には、他に腹ばいになって腰を温めて貰っているおとみと、もう一人、お道に腕の傷を手当てしてもらっている大工の久米吉《くめきち》がいた。

二人とも千鶴に報告している捨松に、時折視線を投げながら聞き耳を立てている。

「おいらは当たり前のことをしただけです」

捨松は、ますます恐縮してみせた。

実はこのたび、捨松は孝行息子として南町のお奉行様から表彰されて、金一封を賜《たまわ》ったというのであった。

孝行の奨励は今に始まったことではないが、親子兄弟、家族の絆《きずな》が年々縁薄くなったと考えたお上は、世に埋もれている孝行話を積極的に拾いあげて表彰してやろうという施策を、奉行所を通じて始めたところだった。

恩になった人への孝行、とりわけ親孝行を表彰することになったのである。

その背景には、物は豊富に出回って人々の暮らしは贅沢《ぜいたく》になったものの、子を養育せずに捨てる親が増え、また、親の面倒を見ることなく見殺しにする子が多くなり、世の中は殺伐としてきている。

それが、直接間接的に犯罪に手を染めることにつながっているのではないか。

だからこそ孝行者を表彰して、人への恩、親への恩、そういう気持ちを促そうという狙いのようだが、中には報奨金欲しさに頭を傾げるような行動に出る者もいた。

たとえばそれまで、ほったらかしにしていた親をわざとらしくおんぶして町を歩いてみたり、なかには親戚中で口裏をあわせ孝行息子をでっち上げようとして、失敗したりする輩《やから》なども出てきている。

だが、捨松の母親孝行は筋金入りだった。昨日今日のものではない。

捨松は長い間、神田のおかね新道にある、下駄職人の親方源吉《げんきち》のところに弟子入りして修業していたが、親方の手から離れて独立した直後に母親が寝ついてしまって、以後亡くなるまでの三年近くを、一人で看病してきている。

母一人伜《せがれ》一人の所帯だったから、捨松は仕事をしながら、母親の食事を作り、母親の下の世話をし、着替えの着物の洗濯をしてきたのであった。

捨松の母親孝行は、正真正銘の孝行だった。

だが捨松は、それが果たせたのも、その間ずっと往診して、日常の暮らしに気配りをしてくれた千鶴のお陰だと謙遜《けんそん》するのであった。

「先生、先生のお陰でございやすよ。千鶴先生が最期までおっかさんを診て下さったから、おいらも安心して仕事をすることが出来ましたので」

「いいえ、私の力などしれたものです。おつねさんも、きっとあの世で喜んでくれてますよ。今度は捨松さん、自分の幸せを考える番ですね」

「と、とんでもねえ。あ、あっしなんか、なんか」

急にしどろもどろの捨松である。顔は真っ赤に染まっている。

「あっ、いるんだ、いい人が」

お道の声が飛んできた。

捨松は緊張したり、興奮したり、照れたりすると、すぐに言葉がもつれてしまう癖がある。

「お道さん、や、止めて、く、下さい」

「あやしい、あやしい」

お道がくすくす笑う。

「ほ、ほんの気持ち、お、お礼です。皆さんでどうぞ」

捨松は持参してきた菓子箱を置くと、あたふたと診察室を出て行った。

「やってくれるね、感心な子だよ。うちの倅に捨松さんの爪の垢でも煎《せん》じて飲ませたいものだね、まったく」

言ったのはおとみだった。

捨松が出ていったのを確かめると、よっこらしょっと起きあがり、

「あの子はね先生。動けなくなった母親の下の世話までしてたんだからね。あたしもあのうなぎ長屋では、取り上げた赤子がいるから話は聞いていたけど、出来ることじゃないよ」

「まったくだ、あっしの倅なんざあ、おとっつぁん、あんまり子供を当てにしちゃ駄目だよなんて、平気で言いやがる」

包帯をお道に巻いて貰った大工も言った。

こうなると、患者たちは千鶴などそっちのけで話に夢中になるのが常だ。案の定おとみが、

「捨松さんはね、おっかさんが死ぬまでは、酒も呑んだことがなかったらしいよ。女だって手を握ったこともない。本当に純情な人だからね」

「でも、あの慌てようでは、好きな人がいるようじゃない？」

言ったのはお道だった。するとおとみは声を潜めて、

「ああ、いたんだよそれが、ずっと前からね。あの長屋じゃ知らない人はいないよ」

「あら、ほんとにそうなの」

千鶴も驚く。

おとみは大きく頷くと、内緒話をするような顔で言った。

「おみさっていう幼馴染みさ」

「おみさ……」

「ええ、あの長屋に昔住んでた娘らしいよ。ずいぶんいいところにお嫁に行ったらしいけどすぐに離縁されてさ、今じゃ飲み屋だかなんだかやってるって聞いてるよ」

「じゃあ、まさか、そのおみさって人と所帯を持つとか？」

興味津々《しんしん》のお道である。

「さあそれはどうだかね。捨松さんは人はいいけど顔の造作がさ。そこに行くと、おみさって娘はえらいべっぴんだったっていうから、いくら離縁されて出戻ってきたっていっても、捨松さんを相手にするかね」

「おとみさん」

千鶴が横から窘《たしな》める。

「先生、あたしゃ、何も捨松さんをどうのこうのと言ってるんじゃないよ。捨松さんのような男はきっと女を大切にするさ。だけどもおみさって娘がさ、結構えり好みする人だって聞いてるから」

「………」

千鶴は苦笑した。千鶴だって言わないまでも、捨松の愚直な性格と男映えしない顔の造作は良くわかっている。

「じゃあ捨松さんは、一生片思いってことなの」

お道が同情の声を発した時、

「せ、先生、ご足労をお願い出来ませんか」

猫八が慌てた足取りで入って来た。

「猫八さんたら、足、足」

お道が猫八の足下を差した。猫八の足は泥まみれだ。

「こりゃあどうも」

慌てて猫吉は足を片方ずつ浮かしながら、

「自殺か殺しか、先生に検分をお願いしたいって浦島の旦那がね」

「場所は」

千鶴の顔が瞬く間に険しくなった。

「柳原の土手です」

「わかりました。お道っちゃん、待合いに患者さんはいないわね」

「はい、久米吉さんでおしまいです」

「すぐに支度します」

千鶴は、きっぱりと言い、立ち上がった。

二

「先生、お道っちゃん、足もとに気をつけて下さい」

先を行く猫八は、千鶴とお道を気遣った。

柳原の土手は近隣の武家屋敷の者たちが、馬の餌にするために秋草を刈り取ったところのようで、茅《かや》などの管状になった茎の株の切り口が、櫛《くし》の歯のように地表に突き出ていて、うっかりすると足を怪我する。

猫八が導く殺しの現場とやらは、神田川に架かる新《あたら》し橋《ばし》と和泉橋の中ほどにある大きな柳の木の下のようだった。

そこに野次馬が集まっていて、小者の動く姿、同心の姿も見えた。

「千鶴先生、お手数をかけます」

千鶴たちが柳の下に近づいた時、浦島亀之助が気づき、歩み寄ってきて頭を下げた。

「この、柳の木で首を吊っていたんですがね」

亀之助は、ちらと柳の木の枝を指した。

枝は何事もなかったように風を受けて揺れているが、普段見慣れた柳の枝とは違って不気味な感じを受けた。

一緒について来たお道の顔が、強ばっているのはいうまでもない。

千鶴は顔を戻すと、筵《むしろ》をかけられた遺体の側に腰を落とした。

猫八が筵を捲《めく》った。

「これは、ご隠居さん！」

千鶴は驚いた。まさかと思って死体の顔を見直したが、やっぱり死人は千鶴が往診した事のある人物だった。

「ご存じでしたか」

亀之助も隣に腰を落として死体を見詰める。

「ええ、小網町《こあみちょう》の酒問屋、難波屋《なにわや》さんのご隠居さんです」

「難波屋の？」

「ええ、弥兵衛《やへえ》さんですね。店を息子さんに譲って、神田の佐久間町の別宅に住んでいたんですが」

千鶴は川向こうの町並みをちらと見遣る。

「ありがたい、どこのご隠居かと、これから聞き込みをするところだったのだ。

猫八、誰かを小網町に走らせて、迎えに来るように言ってくれ」

亀之助も少しは慣れたきたのか、猫八に出す指示も手際が良い。

「ああ、それから」

千鶴は、弥兵衛の首にかかっている荒縄を指し、

「この縄ですが、少し調べてみてはどうでしょうか。どこかのお店で日常的に使っている縄かもしれません。結構均一に綺麗に編んでいますでしょう」

「なるほど、先生のおっしゃる通りだ。いや、私も同じことを考えていたんだ。猫八、聞いたか」

亀之助が調子のいい相槌《あいづち》を打つ。

千鶴はお道に手伝わせて、縄のかかっていた弥兵衛の首を丹念に検視したのち、胸を開いた。

「先生……」

お道が声を上げた。

弥兵衛の腹には、握り拳大の鬱血《うつけつ》が見える。

千鶴はさらに太ももを見る。張りのない皮のたるんだ太ももだったが、色は白かった。傷ひとつなかった。

お道も真剣な表情で千鶴の視線を追って確かめている。

ひととおり検視した千鶴は、お道に開いた着物を整えさせながら、厳しい顔を亀之助と猫八に向けた。

「これは、殺しです」

「やっぱり。おい、猫、私の勘もそうとうのものだな」

亀之助は自慢顔だが、千鶴はお構いなしに説明していく。

「わたくしの所見を申しますと、ご隠居さんはまず、腹に当て身を貰っていますね」

「当て身ですか……」

亀之助は驚いた顔で頭をひねる。

「遺体にある打撲《だぼく》や切り傷は、生きている間に受けたものと、死んでから受けたものとは明らかに違います。ご隠居さんは、まず腹に当て身を受け、次に首を絞められたのではないかと思います」

「首を絞められ……すると、首を吊ったのは」

「誰かが吊りあげたのです」

「死んでから、吊り上げた」

神妙に訊く亀之助に、

「そうです、死んでからです。浦島さま、ここを見て下さい」

千鶴は遺体の首を指した。

「この縄の跡とは別に、ほらここに、指の跡がくっきり残っていますでしょう」

千鶴は遺体の首のその箇所を指した。

「これが、指の跡……」

亀之助も十手でそこを指す。

するとお道が、首に手をあてがい、死体の指の跡に自分の指を重なりあわせて見せた。

「あっ、なあるほど」

感心しきりの亀之助である。

「しかし先生、この指の跡ですが、先生には女のものなのか、男のものなのかわかりますか」

「それは……わかりません。先入観は持たない方がよいでしょうね。ただ言えることは、指先が結構太い人ですね、ころっとした指先の持ち主、それがご隠居の首を絞めた犯人です。お道っちゃんの細い指先と見比べるとわかるでしょ」

「先生、するとご隠居の死は、殺しを隠すために首を吊ったようにみせかけたものだ、そういうことでございやすね」

猫八が訊いた。

「おそらく」

「余程の力のある者ということですか」

亀之助も根掘り葉掘り尋ね、真剣な眼差しを千鶴に向ける。

「そうとも限りません。先に縄を枝にかけておけば、輪のある方をご隠居さんの首にかけ、もう一方の端をひっぱってご隠居さんを吊りあげる。それは大男でなくても可能です」

「旦那、そういえば、このご隠居は宙に吊られていたんじゃねえ。足の先は地についてましたぜ。それなのに死んじまってるっていうのが不自然だと思っておりやしたが、これで謎が解けやしたね」

「それからお金は……お財布が見あたらないようですが」

千鶴は、ご隠居の懐に財布のないのを確認した。

「私が預かっています。これです。高価な財布のようですが、中には小銭が入っているだけでした」

亀之助が西陣織《にしじんおり》の財布を袂から出して見せた。

「酒問屋のご隠居の財布に小銭だけだったとは……犯人がかすめていったか、あるいは通りがかりの者が抜いて行ったとも考えられますが」

千鶴は財布を手に呟いた。

「でも、なぜご隠居が……」


「まったく、親父も一人暮らしが暢気《のんき》だなんて言いましてね。でもいつかこんなことになるのではないかと案じておりました」

弥一郎《やいちろう》は言い、太いため息をつく。

殺された弥兵衛は六十を過ぎたばかりだと聞いているから、倅の弥一郎は三十半ばかと思われる。

小網町にある酒問屋難波屋の主《あるじ》だが、父親の弥兵衛に似ず優しい顔立ちをしていた。その弥一郎が、苦々しい口調で言い、嘆息をつく様子は気の毒な程だ。

わがまま勝手をしてきた親父をなじりながらも、その死をことのほか悲しんでいるのがわかる。

遺体の側では、弥一郎の女房おせい、そして番頭手代が沈痛な面持ちで弔《とむら》いの準備をしている。

弥兵衛の遺体は難波屋の店ではなく、この神田佐久間町の別宅に運ばれたのだが、それには弥一郎がぼやくこれまでの事情があってのことと思われた。

ただ、店からは主夫婦に番頭手代、それに台所の仕事をする下男下女もやってきていて、父親のために出来る限りの葬儀をしてやろうということらしい。

猫八は柳原の現場から早速調べに走って行ったが、亀之助と千鶴とお道は、弥兵衛の遺体と共にこの仕舞屋《しもたや》の隠居家にやって来た。

弥一郎は、こんな死に様を父親にさせることになった無念を千鶴たちに訴えた。

「心配していた通りになりました」

「すると、何か心当たりがあったのだな」

亀之助は、頬に疲れた黒い翳《かげ》を宿している弥一郎の顔を見た。

「それが」

弥一郎は言い淀《よど》むと、

「悪い女にひっかかりまして」

「何……」

亀之助はちらと千鶴と見合わせた。

「後添《のちぞ》えにするのなんのと、大変だったんです。この家もそのために用意したような具合でして、どこでどうしてそうなったのか、親父の豹変《ひょうへん》ぶりにはこちらも手の打ちようもなく困り果てておりました」

「いったいどこの女だ、その女は」

「はい、浜町堀の緑橋の袂におみさっていう茶漬け屋があるのですが、その店の女将ですよ」

「おみさ……」

「まだ三十前の女です。親父にしてみれば娘のような年頃ですよ。どんな甘い話をされたのか知りませんが、女が親父に近づいたのは金目当てに決まってます。親父はかなりの金を貢《みつ》いでいる筈ですからね、その度に私のところに金の無心にやってきていたのですから」

「しかし、そのおみさという女が、こたびの殺しと関係があるというものではあるまい」

「そうでしょうか。私は人を使って調べたことがありますが、おみさは男出入りの激しい女です。親父は邪魔になって殺されたにきまってます」

怒りが弥一郎の頬を染める。亀之助は口を噤《つぐ》んだ。千鶴が口を挟んだ。

「弥一郎さん、その、おみさって人ですが、ここに黒子のある人でしょうか」

千鶴は、唇の少し下を指で押した。弥一郎は目を丸くして、

「そうです、そうです。男好きのする顔をした女ですよ。先生、ご存じでしたか」

膝を乗り出す。

「今年はじめだったと思いますが、心の臓が痛むとかおっしゃって、ご隠居さんの使いの方が私の治療院にいらした事がありました」

「ああ、それはきっと下男の権平《ごんぺい》だったと思います。四十半ばの男ですね」

弥一郎は念を押す。

「はい、それで私がこちらに参りまして脈を診ますと、やはり心の臓がよろしくない。脈が乱れておりました。それで、日常の注意をいろいろと申し上げたのですが、その時に側に付き添っていた女の人が、ここに黒子のある綺麗な人で」

「そうです、その人です」

弥一郎は声を上げた。

千鶴は小さく頷いた。弥一郎には火に油を注ぐようで話すことは出来なかったが、その時黒子の女は、千鶴を玄関まで送り出して来て、意外な言葉を発したのであった。

「先生、あの人、長生き出来るんですかね」

それは、とてもあっけらかんとしていて、女の表情の中に、弥兵衛の身を案じる心のかけらもないのを悟った千鶴は、

「大事になされば長生きしますよ、ご心配なく」

咎めるような口調でそう言ってやったのだが、すると黒子の女は、

「そう」

がっかりしたような表情をちらと見せ、

「先生、先生にはすみませんが、そういうことでしたら、あたしの知り合いに心の臓の見立てがいいっていうお医者がおりますから、そちらにこれからはお願いします。ですから先生は今日限りで」

千鶴の往診を断ったのである。

「あれ以来、どうなさっているのかと案じていたのですが」

「先生、親父はその後医者にはかかっておりませんでしたよ。ぜんぶ、あの女の

仕業です。最初に先生のところに使いに走った権平もあの女から暇を出されたんです。権平がいちゃあ邪魔だと思ったのでしょうな。まったく権平は、店でも長い間奉公してくれた人だったのに、私が親父を案じて何かと権平から聞いていたものですから、それで……親父の病気のことでも、権平から聞いて私がおみさに厳しく言ったものですからね。ええ、桂先生の往診を断ったことを咎《とが》めたんです。そしたらいきなり、権平は暇を出されて……私は権平には店に戻るように言ったのですが、おみさが怖いと言ってやめてしまいました」

「すると今はどちらで？」

「葛西《かさい》に帰りました。兄さんが花をつくっているのですが、それを手伝うとか言いまして」

「…………」

「まったく、何もかも、あの女おみさのせいです」

弥一郎は吐き捨てた。

三

「昨日ですか……何処《どこ》に行ってたのかって。旦那ねえ、あたしはずっとこのお店にいましたよ。一人でやってんですからね、お店をほっぽらかして外に出ることは出来ませんでしょ」

おみさは言い、店の中を見回した。

客は誰もいなかった。時刻が八ツ（午後二時）ということもあるのだろうが、店の中には活気というものが感じられない。おみさの店には閑古鳥《かんこどり》が鳴いていた。

亀之助は猫八と見合わせたのち、厳しい顔を作って言った。

「じゃあ、難波屋の隠居と、昨日は会っていなかった、そうだな」

「知りません。三日前だったかしら、確かにここに来ましたよ。でもそれ以来会ってませんから、あたし」

「おかしいな、ご隠居を呼び出した者がいるんだ。ご隠居が住んでる別宅の隣のかみさんが、男が玄関先に立ってご隠居に言づけを伝えているのを見ていたんだ。お前さんが人を使って呼び出したんじゃねえのかい」

亀之助と違って猫八のおみさを見る目は鋭い。おみさを睨んで十手を引き抜くと、その十手で自身の肩をとんとんと叩いた。

「冗談じゃありませんよ。そんなつくり話をあたしにしないで下さいな」

「じゃあこれに覚えは？」

猫八は懐に手を入れると、弥兵衛を吊り上げていた縄の断片を取り出し、おみさの前に置いた。

「なんですか、これ」

おみさは鼻であしらった。

「見ての通りの縄だ。ご隠居の殺しに使われたものでね」

「おお、やだやだ」

おみさは指先で、触るのも汚らわしそうに縄を猫八の方にぴっぴっとつま先ではじいて押しやると、

「親分はあたしがご隠居を殺したって思ってんですね」

恨めしそうな顔をしてみせた。

「違うのか」

「だってご隠居さんが殺されたらしいって話は、今はじめて聞いたんですよ。それに、ご隠居さんは柳の木の枝に吊り下げられていたんでしょ。女の、この私の力で、そんな事が出来ると思ってんですか」

「あんたがやらなくっても、人に頼むことだって出来るぜ」

「酷《ひど》い。あたしはね、難波屋のご隠居と一緒に暮らそうって言ってた女ですよ」

「物は言い様だな、いつ一緒に暮らすつもりだったんだ？」

「そりゃあ、そりゃあ、倅の弥一郎さんに訊いて下さいな。あの人が遺産ほしさにと、なんだかんだといちゃもんつけるもんだから、ご隠居もあたしも遠慮して」

「殊勝なこった」

「親分、親分はどうでもあたしを疑ってんですね。あたしが出戻りで、こんな商いをしてるからって……あんまりじゃありませんか」

　おみさは突然涙を袖で拭いながら、

「世の中みんなそうなのよ。立派な亭主がいればそれだけで、分別のない馬鹿女房だって立派なおかみさんだとかなんとか言われて敬われるんだから。逆にあたしのような女には世間は冷たい。そうでしょ、どんなに頑張っていても、蔑《さげす》んだ目で見るんですよ、見下しているんです！」

臆面もなく、泣いたり叫んだりしながらおみさは訴える。

「おいおい、何もお前を見下して言ってるんじゃないぞ」

見かねて亀之助が口を挟んだ。

「ほんとに？」

亀之助を見た涙の目が、ぞっとするほど妖艶に光る。

「ほんとうだとも」

取りなすような亀之助の鼻の下が、瞬く間に伸びたようだ。

「まったく……」

猫八がそれを見て舌打ちするが、亀之助はもはや蜘蛛《くも》の糸にかかったバッタのように、おみさの色気に呑み込まれたようだった。

「苦労したんだな」

とうとう思いやりのひとことを発してしまった。

「ええ」

おみさは、しおらしく頷くと、袖で時折目頭を押さえながら、

「あたしはね、馬喰町にある、うなぎ長屋ってとこで育ったんですよ。どっち向

いても、今日食べる米味噌さえおぼつかない。明日はどうなるかわからないような、貧乏な者たちばかりが寄り集まった長屋でね。あたしを産んでくれた母親は、苦労がたたって、あたしが五つの時に亡くなったんです……」

生い立ちを話し始めた。

「話の途中ですまねえが、あんたが、昨日ずっとこの店にいた事を知っている者はいるのかい……たとえばお客の誰々が来たとか、そういうことだ」

もっと肝心な話を聞きたい猫八が口を挟むが、

「猫、うるさいぞ。後にしろ」

すっかりおみさの色香に呑み込まれた亀之助がそれを制す。おみさは話を継いだ。

それによると、父親の竹蔵《たけぞう》は出職の大工だったが結構いい男で、どこでいい仲になったのか、母親が亡くなって半年もしないうちに、おていという女を家に入れた。

目の吊り上がった気性の激しい女で、継子《ままこ》のおみさにすぐに手を上げた。

それも父親のいないところでやるのだから始末に悪い。

しかも竹蔵はおていにぞっこんだから、仕事から帰ってきた竹蔵におみさの悪口を告げ、おみさは父親からも叱られる。

そのうちおみさは、板の間に寝かされるようになった。

奥の畳の部屋には父親の竹蔵と継母のおていが寝て、おみさがまだ寝ついたか寝つかない時分から、おていはいやらしい声を上げて竹蔵と睦《むつ》み合った。

何も知らない少女のおみさでも、そこのところは何となく察しもつく。

耳を塞《ふさ》いで事のおさまるのを待つのだが、それほど激しく睦み合っても、おていには子が出来なかったのだ。

するとますます、おていはおみさを虐《いじ》めた。

着物も着た切り雀《すずめ》のおみさは、手習いの塾に来ていた呉服屋の娘の裕福な暮らしぶりを垣間《かいま》見て、つくづく貧乏は嫌だと思った。

「こんちくしょう、こんな家にはいたくない」

来る日も来る日もそんな事を考えて十五になったその春に、おみさは両国の『花房《はなふさ》』という水茶屋に働きに出た。

花房は掛け茶屋ではなく、店は歴《れっき》とした二階屋だった。

おみさはすぐに女将に頼み込み、店の二階に寝泊まりさせて貰うことにした。

一刻も早く家から離れたかったのだ。

「それで親とはきっぱり縁を切ったんですよ」

おみさはそこまで話すと、しみじみと言った。

亀之助はしきりに頷いているが、猫八は歯がみして聞いている。

「しばらくは、いい時代でした。あたしの一番幸せだったころ……」

おみさはここで、はじめて頬を染めて夢を見ているように遠くを見た。

その仕草はなんともいじらしく、亀之助は胸を熱くして頷いている。

「まもなく、おとっつぁんが死んでね」

亀之助の反応に満足したらしく、おみさは話を継いだ。

「それで長屋とは縁が切れたんです」

やがて、水茶屋の常連だった大伝馬町《おおてんまちょう》の油屋『江戸屋』の若旦那の与七《よしち》に惚れられて妻となったが、一年も経たないうちに離縁となった。

与七に女がいたのである。

それを知ったのは投げ文だったが、半信半疑で調べてみると、女郎上がりのおかねという女を深川に囲っていた。

逆上したおみさが与七の顔を殴り、それを聞きつけた姑《しゅうとめ》が即刻離縁の手続きをしたのである。

「ですから、この店はね、その時の手切れ金五十両を手つけに始めたんですよ。そしてこの店開いて半年ほど経ったころかな、あのご隠居にこの土地と店を買ってもらいました。そんなお世話になった人を、私がどうして、殺したりするものですか」

「ふむ、お前の言うことにも一理あるな」

亀之助は納得顔で頷いたが、猫八は戸口に人の気配を感じていた。

しかもその気配は、店の中の様子を窺っているようだ。

猫八は立ち上がった。足音を忍ばせて戸口に向かおうと二、三歩歩いたところで、表の者はすっと戸口から離れて行った。

ふと振り返っておみさの顔を見ると、おみさも慌てて戸口から視線を戻したところだった。その顔が強ばっている。

おみさは表に立った者が何者なのか察しているように思われた。だが猫八と目が合うと、すぐに目を逸らし、亀之助の前にしおらしい顔を俯《うつむ》けた。

「旦那、あっしはこれで」

猫八は十手を腰に着けると、亀之助を店に残して外に出た。そして、前方の緑橋の上に急ぎ足で遠ざかる武士の後ろ姿を捕らえると、鋭い目で尾け始めた。

男は、まっすぐ両国に向かった。人通りの多い広小路に出ると、一度後ろを振り返った。

何かを探しているような鋭い視線を猫八の方に向けてきたが、尾《つ》けられているのに気づかなかったらしく、懐手にしてゆらりゆらりと歩き始めた。

おみさの店から逃げるように歩いてきた時とは様子が違って、何か時間をもてあましているようにも見える。

緊張して尾けていた猫八も、いつの間にか気持ちがゆるんだ。

それにしても、振り返った男の顔は、端正な目鼻立ちで色も白く、女好きのしそうな感じだった。

ただ、ほんの一瞬だが、猫八の方に投げてきた視線の冷たさには、正直猫八もぞっとしたのだ。

犯罪に手を染めた男に共通している、暗くて陰湿なものが男の体にまつわりついていることも、猫八は見逃さなかった。

男が店に入ろうとして止めたのは、きっと中に町方の役人が来ているとわかったからに違いなかった。

――ただの客じゃあねえな。

客ではないとすると、おみさとはどういう関係なのかと、猫八はあれこれと考えを巡らせて男を尾ける。

男は少しも気づいた素振りはみせなかった。

猫八は安心して尾けていたが、両国橋を渡り、賑やかな芝居小屋を過ぎ、回向《えこう》院《いん》に入っていく男の姿を見て、おやと思った。

男は住み家に帰るつもりはないらしい。

まさか仏像に手を合わせるための回り道でもなかろうにと、猫八が続いて門の中に入ってみると、男は右手の林の中にずんずんと入って行くではないか。

――どこに行くのだ。

足を速めて後を追った。

ところが、大きな杉の木を過ぎたところで見失った。

「しまった……」

思わず口走り、小走りして杉の大木の方に走り寄ったが、その時突然、大杉の裏から光る物が頭上に振り下ろされたのである。

「わっ」

猫八は声を上げて後ずさった。

杉の木の裏から、尾けていた武士が抜き身を下げたまま、のっそりと出てきた。

「何故《なにゆえ》俺を尾ける。何の用だ」

殺気だった目で見据えてきた。

「それはこっちが聞きてえな。旦那は何故、おみさの店から逃げたんですかね」

猫八も負けてはいない。十手を翳《かざ》して腕を捲った。

武士は返答しなかった。その代わりに、有無をいわさず二の太刀が襲って来た。

猫八は一間（一・八メートル）も後ろに飛んで十手を構えた。だが武士は、猫八の胸を狙って刀を突いてきた。右に左に猫八は突きを貰う度に体を躱《かわ》すが、ついに躱しきれずに十手で武士の刀を受け止めた。

満身の力で跳ね返そうと試みるのだが、巨岩のような圧力でおさえこんでくる。

引くには危険が大き過ぎた。すぐ眼前に武士の刃が光っているのだ。また、下手《へた》に後ろにさがれば、その刃で猫八の額は斬られる。

汗がどっと出てきた。

睨み返した武士の顔には、冷笑が浮かんでいた。

――しまった。

僅かに引いた左の足が何かにかかった。木の根っこだと思った瞬間、猫八の体はぐらりとゆらいで、

「あっ」

武士の剣が猫八の肩を掠《かす》めた。

転がった猫八に、さらに止めを刺そうと武士の剣が振り下ろされた。

だが、飛び込んで来た者が、その剣を跳ね返した。

「十手持ち一人に剣を振り回すとは」

猫八を庇《かば》って立ったのは、求馬だった。

「求馬の旦那！」

猫八が声を上げる。

「危ないところだったな、猫八。後ろに下がっておれ」

求馬は、猫八が後ろに慌てて這っていくのをちらと確かめると、険しい目で武士を見た。

「俺が相手だ」

だが、武士は鼻をならすと、じりじりと警戒しながら後ずさり、いきなり刀を納め、くるりと背を向けると、足早に駆け去ってしまった。

「どうだ、歩けるか」

求馬は、それを見届けると、猫八の側に走り寄った。

「なんのこれしき、掠めただけですから。でも旦那が来て下さらなかったら、あっしは今頃死んでおりやしたよ」

猫八は腕を押さえて立ち上がった。

四

「はい、終わりですよ。傷もちゃんと癒えてきていますからね。たいした事がなくて良かったこと」

千鶴は猫八の肩に包帯を巻き終えると、にこりとして言った。

「ありがとうございやした。まさかこんな事で千鶴先生に手当てをして頂くなんて思ってもみませんでした」

「そうだよ。今日で三日、毎日包帯を替えにここに通って、いいご身分だ。お前まさか、千鶴先生に手当てをして貰いたくてわざと無茶をしたんじゃあるまいな、猫八」

側から亀之助が羨《うらや》ましそうな声を上げる。

「馬鹿なこと言わないで下さい、浦島さま。浦島さまも千鶴先生に手当てしてほしいのなら、もっと体を張ってお勤めに励みなさいよ」

すかさずお道の声が飛んできた。

「またまた、どうしてお道っちゃんは私に冷たいのかね」

「どうしてって……胸に手を当てて良く考えたほうがいいんじゃないの。今度だってそうでしょ。浦島様は鼻の下を伸ばして、おみさって人の色香に迷ってたんでしょ。その間に猫八さんがやられてしまったんじゃないですか」

「…………」

亀之助は頬を膨らませて視線を落とした。お道の言葉は耳に痛い。なにしろこの三日、猫八の手当てについてきて、さんざんおみさから聞いた苦労話を千鶴やお道に披露していたのである。しかも、その上、

「話を聞けば可哀そうな女でしたな。目星をつけて店に調べに行ったのですが、

見当外れだったかもしれません」

などとおみさに同情しきりだったのだ。

「確かにおみさの話が全て嘘だとは言いきれぬが、俺が調べたおみさは少し違うな」

そこへ求馬が、足音を立てて入って来た。

「おみさの店が閑古鳥が鳴くようになったのは、妙な噂が立つようになったからだと言っていたぞ」

「み、妙な噂ってなんですか」

亀之助は不服ったらしく鼻を膨らませて求馬を見た。

「おみさは酒も売るが女も売る」

「女を売る！」

「そうだ、男出入りが激しいらしいのだ」

「…………」

驚いて口を噤んだ亀之助に、

「どうやら、猫八に斬りつけた男も、おみさの男らしいな」

求馬は言った。

その噂を提供してくれたのは、おみさの右隣にある煙草屋《たばこや》『ふじや』の女房だった。

「三日にあげず来ていますよ。白い肌をした色男でしょ、その旦那というのは」

女房は薄笑いを浮かべると、

「でも、私はああいうお方は苦手ですね。うちの方から垣間見てのことですが、一度私と目が合ったことがあるんです。ぞっとするほど冷たくて、でもおみささんはぞっこんなんですね。あの旦那がみえると、うちにもよく煙草を買いに来るんです」

「名前は……知らぬか」

「名前ですか……そういえば、丹沢《たんざわ》様とか言っていましたね」

「丹沢」

「はい。そうそう、こんなことも。なんでも近くどこかのお大名に仕官するのだとか」

「仕官……」

「そしたらおみささんをお嫁さんにしてくれるんだって」

ふじやの女房の話は、求馬を驚かせた。

猫八があの時、丹沢という武士に目をつけたのは間違いなかったようだ。

「そういうことだ。おみさは浦島さんが考えているほど純情な女ではない」

求馬の話に亀之助は驚愕《きょうがく》して口を噤んだ。

猫八がそれみたことかと畳みかける。

「旦那、間違いねえですって。あの女、ただ者じゃねえですぜ。言ったでしょう、あっしの調べでも、おみさは金のしまりのない女で、米沢町の質屋『宇佐《うさ》屋《や》』でたびたび金を借りているって」

「宇佐屋さん？」

千鶴が聞き返す。

「へい。先生はご存じですか」

「ええ、あそこのご隠居さまがこの夏に転んで怪我をしまして、往診したことがあります」

「そうでしたか。とにかくそういう話ですから、あっしが考えるに、おみさは返済の金が滞《とどこお》ると男を引き入れて無心をしていたにちげえねえ。いくら旦那が庇ってやりたくても、それはできねえ相談です」

「何も私は庇ってなんかいないじゃないか」

「だったら、初心に戻って探索をやりなおさなくちゃ、旦那はもう後がないんですからね。下手をすればまた、定中役《じょうなかやく》に逆戻りですよ」

「うるさい」

どうにも分の悪い亀之助である。

「猫八さん、それはそうと、ご隠居殺しに使ったあの縄ですが、何かわかりましたか」

千鶴が訊いた。

「そうだ、その事ですが、あれはもっぱら下駄草履を縛るのに使われているそうです」

「下駄草履……」

千鶴は聞き返した。

「へい。ですから、あの縄を日常使っている者は、下駄草履職人、それから下駄草履の卸問屋、履き物の担《にな》い売り、もっとも、そればかりではないでしょうが」

「先生……」

お道は不安な顔を千鶴に向けた。

千鶴にはお道の言いたいことはわかっている。

千鶴の患者である捨松は下駄職人だ。しかもおみさに長い間片思いをしている幼馴染みと聞いている。

亀之助や求馬の話から見えてきたおみさの姿は、男を手玉に取るしたたかな女である。

そんなおみさが、あの純朴で働き者の捨松を利用するのは容易なことのように思われる。

お道はだからこそ、捨松がご隠居殺しに関わっているのではないかと、一抹《いちまつ》の不安を覚えたに違いない。

だがお道は、それを口には出さなかった。目の前に同心と岡っ引がいるからだ。不用意な発言をすれば、捨松を傷つけることにもなりかねない。

――まさかとは思うが……。

千鶴もそんな思いにとらわれていた。

馬喰町のうなぎ長屋に、千鶴が捨松を訪ねて行ったのは、その日の夕刻だった。

夕闇はすでに路地一面を覆い尽くし、家々の腰高障子は淡い光に彩《いろど》られ、中からは子供の声や、酔っぱらって管《くだ》をまく男の声が漏れ聞こえて来る。

だが、捨松の家だけは灯の色もなく、薄闇に包まれて物音一つない。

おとないを入れたが、やはり返事はなかった。

これまでなら、居職の捨松が家を留守にするのは、限られていた。出来上がった品を下駄屋に届けるか、世話になったおかね新道の親方源吉の所に行くか、それとも夕食の材料を買いに行くか、千鶴が知っているのはそれぐらいの事だ。しかも母親が寝込んでいたから、こんなに薄暗くなった時刻に家を留守にすることはまずなかった。

遠くに出かけていないのなら、そろそろ帰ってくる頃ではないか。それならせっかく来たのだ。待って捨松に会ってから帰ろうかと思った時、

「先生、留守ですよ、捨松さんは」

隣の家の戸が開いて、水桶《みずおけ》を下げたおつたが出てきた。

おつたは三人の子持ちである。亭主は鋳掛《いか》け屋《や》で、自分も近くの宿屋の飯炊《めした》きに行っているが、捨松の母親が寝込んでいた頃には、よく顔を出して世話を焼いてくれていた。

「どこに出かけたかご存じですか」

「それがさあ」

おつたは顔を曇らせると、

「おっかさんが生きていたらどんなに悲しむかと思ってさ、人の家のことなら、あたしゃ一人で悩んでいたんですよ。でも先生の声を聞いて、そうだ、先生ならちょうどいい、先生、困ったことになってんですよ」

くいっと隣の捨松の戸口を顎《あご》で指した。

「何かあったんですね」

千鶴の不安は一気に膨らんだ。

家の中から亭主の子供を叱る声と、子供の泣き声が聞こえてきた。

「ちょ、ちょっと待って下さいよ。うちじゃあ賑やかで話も出来やしない」

おつたは我が家に駈け込んで、

「後は頼んだよ」

亭主に声をかけて出てくると、

「ちょいとごめんなさいよ」

捨松の家の戸を開け、中に入って行灯の灯をつけた。これまでにもそうして捨松の母親の面倒を見てきたから、勝手は承知しているおつたである。

「ご覧なさいまし」

灯の光に浮かび上がった捨松の家の中を千鶴は見渡した。

部屋の隅に、素麺箱《そうめんばこ》の上に母親の位牌《いはい》が置かれているが、供えた野花が首を垂れて枯れている。

布団は敷きっぱなしで台所を使った気配もない。代わりに酒とっくりが転がっていた。

なにより驚いたのは、仕事場にしていた板の間に、作りかけの下駄が放置されたまま積んであり、作業台に鋸《のこ》や鑿《のみ》が無造作に置かれていたことだ。

そして壁には、殺された弥兵衛の首にかかっていたのと同じ縄の束がもたせかけてあった。

「…………」

千鶴は、作業途中の駒下駄を取り上げた。桐《きり》の正目《まさめ》の上品だった。

昔は日より下駄と言っていたが、今時は男も女もどこにでも履いていくなじみの深い下駄である。

「誰にも負けねえ、真似の出来ねえ下駄を作るんだって言ってた捨松さんが、この通りさ」

おつたの声は苦々しい。

「帰ってきてないんですね、捨松さん」

千鶴は力なくそこに座った。おつたもそこにへたりこむと言った。

「もう病気だね。みさちゃんに魅入られてしまったんだ」

「みさちゃん……」

「ええ、昔この長屋にいた娘でね」

おつたの話は、おおよそ亀之助が千鶴たちに話してくれたものと同じだったが、おみさが長屋を出て行くまで、いつも捨松がおみさを庇って、おみさはそれで随分助けられたのだと言った。

「捨松さんはおみさちゃんを好きで好きでさ。でもおみさちゃんはそうじゃない。兄さんのような人ぐらいにしか思ってなかったんだからね。それが離ればなれになって、いったんは消えたはずなのに、どうしてまた火がついたのか、そのいきさつはわからないけど、今の捨松さんの頭の中にあるのは、おみさちゃんだけ。おっかさんの位牌も、仕事のこともほっぽらかして、おみさちゃんの店に通っているんですよ、見た人がいるんだから。知ってるでしょ、木戸のところの留《とめ》さん」

「……………」

千鶴は言葉がなかった。

「本当に」

おつたは力を込めてそう前置きすると、

「本当におみさちゃんが捨松さんに愛情を感じているのなら、こんな有り様になりはしませんよ。捨松さんは今や金策に走り回っているだけの、ただの使い走りなんだから」

「金策……捨松さんが？」

「ええ、捨松さんはあたしたちには何にも言わなかったけど、親方のおかみさんがここに様子を見にやってきて、捨松さんのこと案じていましたからね。所帯を持つって言ってたけど、本当なのかって」

親方というのは、むろん下駄職人の師源吉のことだ。

源吉の女房は、捨松に渡してほしいと十両の金をおつたに頼んで帰って行ったのだという。源吉夫婦はかねがね弟子が所帯を持つ時には、暖簾分けという意味もあって祝い金を渡していたらしい。

捨松は奥手《おくて》で女っ気のない男だから、表店に店でも出す時に渡してやろうと考えていたようだ。

ところが昨日、親方の留守に捨松がやってきて、所帯を持つことになった、祝言は挙げないがその時には二人して挨拶に参りますと言った。

女房は「朴念仁の捨松が」とびっくりしたが、ともかくめでたい事ではあり、母親が長患《ながわずら》いで金を持っているとは思えない捨松に、その場で祝い金を渡してやりたかったが、親方に話してからの方がいいと思い直して渡さなかった。

それで今日になったのだと、おかみさんはおつたに言ったのだった。

ところが家には捨松はおらず、仕事をしている気配もない。

おかみさんはどうなっているのかと首を傾げながら、おつたにお金を託して帰って行ったのである。

「先生、あたしはね。所帯を持つのなんのというのは口実で、祝金欲しさにそんな事を言って、親方のところに行ったんじゃないかと思っているんですよ」

「じゃあずっと、ここには帰ってないんですか」

「いいえ、夜遅く泥棒猫のようにこそこそと帰ってきていますよ。でも、仕事はしていませんね」

「そう……」

「一度、意見してやったんだけど、どこか遠くを見ているようで、聞いているのかいないのか……先生なら、大事なおっかさんを診て下さったお方ですものね、少しは真剣に話を聞いてくれるんじゃないかって思ったわけさね」

おつたは、しゃべり疲れた顔で千鶴の顔を窺った。

行灯の灯が心細く揺れている。千鶴は深く息をしてから言った。

「わかりました。私も少し心配なことがあってやってきたのです。一度話をしてみます」

五

その頃捨松は、おみさの店にいた。

「何よ、そんな顔して、私の顔に何かついてるの?」

じっと見詰める捨松をおみさはからかうように言った。珍しく客が一人いて、手酌《てじゃく》で呑んでいる。五郎政だった。

捨松は五郎政に視線を走らせると、

「みさちゃんのいい人じゃあないんだろ」

小さな声で訊いた。卑屈で自信のない目がおみさの返事を待っている。

おみさはくすくす笑ってから、

「馬鹿ねえ、お客さん、ただの、一見《いちげん》のお客さんじゃないの」

「だったらいいんだけど、あんないい男じゃ、俺は太刀打ちできねえもの」

「何言ってるの、あの男のどこがいい男なのよ」

ちらと五郎政を見て、くすくす笑った。

――なんてことを言いやがる。

五郎政は聞こえぬふりして呑んでいるが、小さな店の中のことだ。二人の会話は、どんなに小声で話していても聞き取れる。

まして自分を笑われていると知っては、立ち上がって文句のひとつも言ってやりたいがそうもいかない。五郎政は千鶴から頼まれて店に来ている。

「なんでえなんでえ、言いたいこと言いやがって」

ぶつぶつ言いながら酒を呷《あお》る。

「まるで蟹《かに》の泡噴きじゃない」

おみさは、鼻で笑って五郎政から顔を戻すと、

「それにね、男は顔じゃないわ、ここよ」

胸を叩いて捨松を見る。

「あたしはね、捨松さん。嫌というほど男に酷い目にあってる女なのよ。実のある、捨松さんのような人が好きなの、あたし。遠回りしたけど、やっとわかったの」

「み、みさちゃん」

「遠慮しないで呑んでいってね。何食べたい？……そうだ、栗ご飯好きだったでしょ。いま持ってくるね」

「み、みさちゃん、そんなこと覚えてくれてたのか」

「もちろんよ。忘れるもんですか」

おみさは遠くを見るような目をして言った。二人の脳裏に栗ご飯の思い出が過《よ》ぎる。

それはおみさが十一歳、捨松が十三歳の時だった。

その日もおみさは、表店の豆腐屋の赤子を背中におぶって子守りをしていた。

継母が僅かな駄賃欲しさに、おみさを子守りに出していたのだった。

継母はろくろく昼の食事もおみさに与えないくせに、豆腐屋には昼飯はうちで食べさすから、その分子守り賃を増やして渡してくれと頼んでいたから、おみさはいつも空腹だった。

痩せた細い体でおみさは太った赤ん坊をおんぶして、牛蒡《ごぼう》のような足をねんねこから出し、長屋の路地を行ったり来たりして、豆腐屋の女将さんが呼びにくる夕暮れを待っていた。

そんなおみさに同情していたのが、捨松一家だったのだ。

貧乏には変わりないが、捨松には父親も母親もいて、その後流行病《はやりやまい》で亡くなる兄二人もいて、おみさよりはずっと幸せだった。

その日捨松は、赤子を背負ったまま井戸端にある石に腰掛けて昼の時間の過ぎるのを待っていたおみさの肩を叩いた。

「食べよう。おっかさんが、みさちゃんとお食べって」

捨松は抱えてきた竹皮の包みを開いてみせた。

「栗ご飯？」

おみさは、捨松を仰いで聞き返した。

「おいらが好きなんだ。おいしいよ」

捨松はおみさの横に腰掛けると、栗ご飯のおにぎりをおみさの掌に載せてやった。

「でも」

おみさはちらと自分の家の戸口を見遣る。継母に見つかったらどんな折檻《せっかん》が待っているかしれないのだ。

「あっち行こ」

捨松は、おみさの手を引っ張って空き家の中に入って行くと、

「うまいぞ」

おみさに勧め、自分も大きな口を開けて頰張った。

捨松が栗ご飯が好きだというのは、おみさはこの時知ったのである。

むろんおみさだって大好きだったが、家で栗ご飯を炊いて食べさせて貰った記憶はない。

捨松と食べたほくほくの栗ご飯の思い出は、辛いときなど必ず脳裏に浮かんできて、胸を熱くし、おみさの心を慰めてくれたのだった。

今幼い頃のその時と同じように、二人は昔に戻ったのだと捨松はおみさの昔話に頷いた。

そして感極まったような顔を上げると、

「こ、これを使ってくれ」

捨松は懐から紙に包んだものをつかみ出して飯台の上に置いた。

「十両ある」

「捨松さん」

おみさは、捨松のその手をとった。両手で包むと、

「助かるわ、本当にありがとう」

今にも泣き出しそうな顔で捨松を見る。

「よ、よしてくんねえ」

捨松は気恥ずかしくて、ちらと五郎政の方を見てから声を潜め、

「まだ足りねえんだろ」

申し訳なさそうに言った。

「あとはなんとかするわ」

おみさの声には力がない。弱々しい笑みを浮かべて、

「誰か、鼻の下の長い爺さんに頼んでみる」

「だ、駄目だよ。酒屋の爺さんみたいに、また大変なことになるぞ」

「大丈夫よ」

「駄目だ、俺がなんとかする」

「捨松さん……」

驚いた目で見るおみさに、

「いいか、みさちゃん。無茶はしないでくれ、約束してくれ、いいな」

捨松は急いで出て行った。

五郎政も立ち上がろうとしたその時、二階から誰かが下りてくるらしい階段のきしむ音がする。

浮かしていた腰を落として五郎政が見たものは、端正な顔立ちの武士だった。色も白く、猫八が斬られたと聞いているあの武士だと思った。


「驚いたのなんのって」

五郎政はお竹が茶を出すや、すぐに茶碗を鷲《わし》づかみにして口に運び、

「あつあつ」

がぶりと呑んだ茶が熱かったらしく、跳びあがった。

「慌てないで」

千鶴に注意をされると、胸を叩きながら頷いていたが、膝を直して話を継いだ。

求馬もいて浦島もいる。五郎政は忙しく皆に視線を遣りながら、

「その武士っていうのが、捨松が出て行った戸口を顎で指して、あいつに金の工面が出来るのかと、えらそうにほざきやがった。そしたらおみさが、大丈夫、あの人はきっと持ってきてくれると」

「………」

浦島は、苦々しい顔で腕を組んで五郎政を睨むように見詰めている。

おみさはそう言った後で、

「右近《うこん》さま、お金が揃ったその時には……信じていいんですね」

捨松と話している時とはうって変って、男に縋りつくような視線を送った。

「くどい」

右近と呼ばれたその男は、冷たくいなすと、先ほど捨松が置いて行った十両の金を無造作につかんで懐に入れた。

「男はそれが当たり前のような顔して金を懐に出て行きやしたが、さすがのおみさも不安そうな顔で見送っておりやした。嫌なところを見ちまった、そんな気分になりやしたよ」

「そうとう深みにはまっているようですね、捨松さんは」

千鶴は、ため息をつく。

「男の名は丹沢右近か……五郎政、それで、すぐに丹沢の後を尾けたんだな」

「へい、そこが肝心なところでございやすが」

五郎政は、急いで外に出て丹沢という侍を追った。

丹沢は両国橋を渡ると回向院に入って行った。

――あぶねえ、あぶねえ。猫の親分はここでやられたんだ。

五郎政は十分な距離を置いて尾けた。

丹沢はやはり回向院の門に入ると本堂には向かわずに、右手の杉林に入って行った。そして大杉の側を抜けると、さらに院の奥に向かったが、ふいに姿が見えなくなった。

五郎政は小走りして大杉まで走った。猫八と同じように襲われる危険はあったが、息を張り詰めて走り寄ると、丹沢は前方奥の破れた塀から外側にすり抜けるところだった。

塀の向こうは松坂町《まつざかちょう》の筈である。十ほど数えて五郎政も壊れた壁に走りより、そこから壁をすり抜けた。

丹沢は一軒の仕舞屋に入った。

五郎政は目を剝いた。その家は、表の顔は大名家に人足を送り込む口入れ屋《くちいれや》だが、裏は渡世人の顔を持つ長五郎《ちょうごろう》という親分の家だった。

五郎政が両国橋界隈で遊び人としてうろついていた頃に、いっとき身を寄せていた家だが、夕刻から朝方まで丁半の博奕《ばくち》が開かれる。

長五郎は胴元で、客は武士から町人まで幅広かった。

丹沢もあの十両の金を持って入ったからには、これから賭け事に興じる筈である。

五郎政はむろん足を洗ってからは一度もこの家に寄りついたことはない。長五郎に見つかれば何を言われるかわからない。

五郎政は息を殺して後退りすると、向かい側の家の塀に置いてある消防用の大きな水樽の裏に隠れた。

以前と変わっていなければ、闇が迫ると善六《ぜんろく》という五郎政と仲が良かった男が玄関先に見張りに立つはずだ。その時刻を待つことにしたのである。

果たして、辺りが闇に染まる頃、玄関先に軒行灯を点し、そしてその下の腰掛けに座って見張りに入った男がいた。

五郎政は闇を突っ切って仕舞屋に近づくと、

「善六、俺だ」

　小さな声で呼びかけた。

「ご、五郎政じゃねえか」

「しっ、ひとつ頼まれてくれ。礼は弾むぜ」

　五郎政は、懐から一朱金を出し善六の掌に握らせた。

　けっしてお前に迷惑はかけないと前置きした後、五郎政は善六から丹沢のことを聞き出したのだ。

「なんと言ったのだ」

　亀之助がせかせるように膝を進める。千鶴も求馬も、五郎政の次の言葉を待ちかねるように見詰めた。

「へい、丹沢というお侍は、伊那藩《いなはん》三万石を追放された男だそうです。行き場所がなくなって、長五郎親分のところに転がり込んでいるようですが、博奕の負けが膨れあがって五十両近くになっていて、長五郎親分からたびたび説教をくらっているって言っておりやした」

「すると何かな。捨松がおみさに渡した十両は、博奕の借金返済に使ったかもしれないのか」

「許せんな。その男はむろんだが、あの女め、捨松を騙して男に遊ぶ金を貢いでいるとは、許せんな」

「おそらく」

亀之助は怒りに任せて立ち上がった。額には青筋が走っている。気移りも早いが、怒りに転ずるのも早いこの単純さが亀之助の身上だ。

「どうするつもりですか、浦島さま」

千鶴が訊く。

「知れたことだ。あの女を問い詰める」

「何を問い詰めるのですか。お金のことは、捨松さんが納得して出してくれたのだと言ったらどうなさいますか」

「だったら、ずばり、ご隠居殺しを質《ただ》す」

「証拠もないのに？」

「千鶴先生……」

次々畳み込まれて泣き声になる。助け船をもとめて求馬の顔を見るのだが、その求馬も、

「千鶴どのの言うとおりだ。へたにつつくと肝心なところで逃げられるぞ。浦島

さんは確かな証拠をつかむことだ。奴らがご隠居を殺《や》ったのなら、捨松だって用済みとなって殺られるかもしれぬぞ。一刻を争う。丹沢の方は俺と五郎政に任せてくれ」

厳しく言った。

六

飲み屋『おかめ』の窓から見える雨脚は急に激しくなったようだ。神田川の水面が激しく叩かれて、泡が立っているようにも見える。

捨松がこの店に入った四半刻（三十分）前には、空は淀んでいたが、まだ雨は降ってはいなかった。

捨松は先ほどから、不安な顔で何度も入り口を見ている。

幼馴染みの伝七《でんしち》と馬助《うますけ》を待っていた。伝七も馬助も同じ長屋の幼馴染みだった。

三人ともおみさが好きで、おみさが三人のうちの誰と一緒になるかなどとたわいもない事を言い合った時期もあったが、伝七は日本橋の水菓子屋に奉公して、その家の娘と所帯を持ったし、馬助も父親がやっていた桶屋を継いで、今では横町に面した表店に店を出し、こちらも母親の遠い親戚の娘と所帯を持って暮らしている。

もう三年余り会ったことはなかったが、相談したいことがあると言い、捨松が呼び出しをかけたのだった。

二人とも捨松とは違って商売で忙しい身だ。約束の頃合いに駆けつけるのも容易ではないはずだ。雨に冷やされて冷たくなった空気を襟足に感じながら盃に酒を注いでいると、

「酷い降りだぜ」

戸口で傘を畳んで入って来たのは馬助だった。

「よう」

捨松が手を上げると、

「何だい、急に。俺はあんまりゆっくりできねえんだ。女房が産気づいちまってな、じっとしてはいられねえんだ」

座るとすぐにのろけたが、

「すまん」

頭を下げた。独り身の捨松のことをおもんぱかってのことだった。

すぐに伝七も来て、三人はまずは乾杯して再会を喜んだが、

「捨松、まさかおめえ、話というのは、みさちゃんのことか？」

警戒するような顔で伝七が言った。

「そうだ、助けてやりたいと思ってな。俺一人じゃあ手に余る。お前たちにも手伝ってもらいてえ。何、一両でも二両でもいいんだ。みさちゃん、いま大変なことになってるんだ」

必死の顔で捨松は淀みなく話した。ここで待っている間に、どう切り出したらよいのかずっと胸の中で繰り返し言葉をなぞっていたのである。

ところが二人は、顔を見合わせて苦い顔をすると、

「捨松、おめえ、みさちゃんに騙されてるんじゃねえのか」

開口一番、伝七が厳しく質してきた。

「何の話だ。みさちゃんをそんな風に言うなんて許せねえ」

「捨松、目を覚ませ。みさちゃんが金をせびるのは、みんな色男のためなんだぜ」

今度は馬助が言った。

「幼馴染みじゃないか」

思わず捨松は大声を上げた。情けなかったのだ。子供の頃は何をするにも三人は同じ気持ちでいた筈だ。

「幼馴染みだから言ってるんだ。実はな、捨松……」

伝七は捨松をじっと見詰めると、自分も馬助も、おみさに誘われうっかりおみさの罠《わな》にはまるところだったのだと言った。

「嘘だ、俺は信用しねえ」

つい捨松は反発する。おみさの自分に寄せる心が偽りだとは、とても考えられなかった。いや、考えたくなかった。

「みさちゃんには男がいる。侍だ。俺はその男が店に出入りするのをこの目で見ている。嘘だと思うのなら、あの店の前に張り込んでみろ。俺たちの言っている事が本当だってわかる」

「…………」

捨松が口を噤んだのを見て、今度は馬助が口を開いた。

「みさちゃんは変わってしまったんだ。あの、うなぎ長屋に住んでいた頃のみさちゃんじゃない」

「………」

「俺たちはな、捨松。一両二両が惜しくて言ってるんじゃねえぜ。おめえが騙されるのを見ていられねえんだ」

捨松は一点を見据えて押し黙った。

これが、血肉を分けた兄弟のように考えていた幼馴染みの言葉だろうかと耳を疑っていた。

黙りこくって返事もしなくなった捨松に、二人はかける言葉もなくなって腰を上げた。

「悪いことは言わねえ。みさちゃんに近づくな。おめえのためだ」

二人は代わる代わるそんな事を言い置いて帰って行った。

――俺はそんな訳にはいかねえんだ。

捨松は、残っている酒を呷った。

なにしろ捨松は、これまでに自分が貯めていた五両、これは母親の看病を十分にし、野辺送りをした残りの金だが、この全財産をおみさに渡している。

そして、孝行息子として表彰された金一封も全てもおみさに渡した。さらに源吉親方に所帯を持つと報告して貰った十両も渡したところだ。

おみさが一年でもいい、一緒に暮らしてくれるのなら惜しくない金だ。幸せな暮らしをしている伝七や馬助とは俺は違うのだと、捨松は最後の一滴を口の中に垂らした。

外を眺めると雨脚はずいぶん弱くなっている。

捨松は酒代を置いて外に出た。

懐に両手をつっこんで雨に濡れながら我が家に急いだ。酒で暖まっていた体も一気に冷えたが、捨松は心の中で笑っていた。馬鹿な自分を笑っていた。もう気兼ねする人は誰もいない。自分は天涯孤独の身だ。騙されていようとおみさのために自分が出来ることはしてやりたい。

――俺はなんだってやってやる。なんだって……。

捨松はきっと前を見据えた。その目は、誰もこれまでの捨松からは想像できない、暗くて険しい目の色だった。


「先生、こちらです」

千鶴がお道と両国橋の袂に走ると、五郎政が待ち受けていて、西詰め北側にある御揚がり場となっている石段を指した。

御揚がり場というのは、将軍が船を使う時の船着き場のことを言う。西詰め岸辺から石段が水辺まで続いていて、普段はここから釣りを楽しむ者もいるのだが、その石段の下の方で女が一人、足首を押さえて蹲《うずくま》っていた。おみさだった。

おみさの店を張っていた五郎政から、千鶴は連絡を受けて駆けつけたのだった。

「どこかに出かけるようでしたが、そこで後ろから突き飛ばされて転げ落ちやして。頬かぶりをした男でしたが、あっという間に人混みの中に逃げ込んでしまいやした」

千鶴は五郎政の話を聞いてから、階段を下り、おみさの側に腰を落とした。

「痛みますか」

千鶴がおみさの足に手を伸ばすと、

「誰……お医者?」

おみさは、驚いた様子で千鶴を見返した。眉間《みけん》に皺《しわ》を寄せている。余程痛んでいるらしいが、警戒の目を向けていた。

おみさは以前、弥兵衛の別宅で千鶴と顔を合わせていることをすっかり忘れているようだ。だがそのことを今ここで指摘するのは、おみさを狼狽させるだけだ。千鶴はそう思って黙って治療に当たることにした。

「そう、医者です。見せてごらんなさい」

おみさは、医者と聞いて安心したのか、申し訳なさそうに右足を出した。

おみさは、漆塗りの美しい下駄を履いていた。捨松が心をこめて作り、おみさに渡したあの下駄だった。

千鶴は一瞬どきりとした。捨松が作った下駄だと察せられたからだ。ふとお道に目をやると、お道も痛ましそうな目で、おみさが履いている下駄を見詰めている。

「足、くじいたのか、立てないんです」

おみさが、苦しげな声を上げた。

漆の塗りを重ねた下駄に、白い素足が美しく映えていたが、足首は赤黒く腫《は》れ上がっていた。

千鶴は、入念に足を押さえて、おみさに痛みや痺《しび》れを訊いていく。

「先生、骨が折れてしまったんでしょうか」

おみさは、今にも泣き出しそうな顔で言った。

「いえ、骨は大丈夫です。湿布をします。それから、余程痛いようなら痛み止めのお薬を差し上げます」

千鶴が説明している間に、お道はてきぱきと処置をしていく。

「良かった、ほっとしました。ありがとう先生」

意外に素直な返事である。そして申し訳なさそうに言った。

「先生、治療のお金、今すぐでなくてもいいでしょうか。いえ、今月のうちにはなんとかします。あたしは緑橋の袂に店を開いているおみさといいます」

「おみささん」

千鶴はとうとう黙っていられなくなった。

「実は私、以前あなたとお会いしてるんですよ、忘れましたか？」

「…………」

おみさは目をまるくして千鶴を見直した。

「神田佐久間町の弥兵衛さんというご隠居さんの家で……」

あっとおみさは声をあげた。とたんにおみさの顔に動揺が拡がった。

「その折のこと、あなたは今は思い出したくもないでしょう、……そうですよね。だから私も、あの時のことは忘れましょう」

「………」

おみさは、暗い顔をして俯いた。

「ただね、ひとつだけ私あなたにお聞きしたいことがあります。捨松さんのことです」

「捨松さん……」

おみさは顔を上げて聞き返した。

「そうです。捨松さんがいまどんな状態におかれているか、おみささんはご存じですよね」

おみさは千鶴から視線を外して横を向いた。黙りこくって横座りして、包帯を巻いてもらった右足を片方の手でさすっている。

千鶴は、これまで長屋の者たちから聞いた話や、捨松が孝行息子として表彰された程の実のある人間だということを話し、そんな捨松の気持ちを今後ちゃんと受け止めてやれるのかと訊いた。

「………」

おみさは答えなかった。千鶴の顔を見ようともしなかった。

「わたくしの想像では、捨松さんはあなたに全財産を渡したんじゃないでしょうか」

　おみさは瞬きをした。太いため息もついたが、千鶴に返事はしなかった。

　だが千鶴は、瞬きやため息をついてみせたその事が、おみさの答えだと思った。

　千鶴は、おみさの横顔を見詰めたまま、話を続けた。

「捨松さんはおかね新道の親方から、所帯を持つお祝いとして十両もの大金を頂きました。それは捨松さんが、こつこつと、ほんとに愚直にこつこつと努力をして腕を磨き、やっと親方の手を離れて独立した時のお祝いでもあるのです。おそらく、そのお金もあなたに渡したのではないでしょうか」

「……」

　おみさの顔が歪《ゆが》んだ。聞きたくない、耳を覆いたい、そんな表情に千鶴には見えた。

「なぜそこまであなたにするのか、その理由はわかっていますよね。捨松さんの気持ちにきちんとあなたが応えてあげるのなら、わたくしは何も言いませんが、万が一、あなたの気持ちが捨松さんの気持ちとは別のところにあるのなら、もう捨松さんを惑わすようなことはしないでやってほしいのです」

「先生」

おみさは千鶴に振り向いた。刺すような目を向けて言った。

「私たちのことはほっといて下さいな」

かん高くて尖った声だった。

「いいえ、ほっとけません」

千鶴はきっぱりと言った。

「うなぎ長屋の人たちのことは、私には放っておけないわけがあるんです」

「ふん……」

「先だって生前の父の往診日誌を読みましたが、それには、うなぎ長屋の皆さんを往診したときの様子が書いてありました」

「…………」

「患者さんの名前、病名はもちろん家族のことも……暮らしや、皆さんがかかえている心の悩みも……父がどんな思いで皆さんのこと書き残したか、私にはわかります。だから、おみささん、私には放っておけないんです。どんなにあなたにお節介焼きと言われても……」

おみさの顔が崩れるのがわかった。何か思いあたることがあるようだった。

「先生」

おみさが言った。初めて先生と呼んだ。

「さっきも言ったように、治療代、後日必ずお届けします」

「気にしないで、そんなことより、さっき言った……」

千鶴が言いかけたのを制するように、

「治療代を、お届けするところは……もしかすると藍染橋の……」

「そうです、藍染橋の桂治療院です」

「すると、お父さんは、桂東湖先生」

おみさは呟いて、まじまじと千鶴を見た。

「先生、駕籠がきやしたぜ」

五郎政が近づいてきて言った。

「そう」

千鶴は立ち上がると、

「じゃ、五郎政さんはおみささんをちゃんと送って……お願いね」

呆けたような顔のおみさの顔を見て言った。

七

猫八がやって来たのは、その日の夕刻、往診を終えて帰ってきた千鶴が、夕食の膳についたところだった。

玄関に向かうと、猫八は興奮した様子で、殺しを実見した者を見つけたのだと言った。

「夜鷹《よたか》でしたが、おとよという女で、殺されたご隠居が柳の木に吊り上げられるのを、芒《すすき》の陰に体を隠して見ていたというんです」

走って来たのか大きく息をついてから、猫八は話を継いだ。

「一帯を虱潰《しらみつぶ》しに聞いたんですがね。そしたら、そのあたりには夜な夜な夜鷹が出てるってことに気がつきやして」

夜鷹を捕まえては、猫八は辛抱強く実見した者はいないか聞き込みを続けていた。

そうしたら、自分じゃないけど見た者がいると言う夜鷹にとうとうめぐり会えた。それがおとよだったのだ。

ただおとよは、なかなか見たとは言わなかった。

柳原では半年前に夜鷹狩りを行っていた。それがどうやら災いしておとよは用心深くしゃべらないのだと悟った猫八は、けっして引っ立てたりしないと約束して証言を得たのであった。

「前置きが長くなりやしたが、おとよが見たのは、頬かむりをした背の高い男だったということでした。色の白い、いい男だったと……」

「色の白い男……」

千鶴は聞き返した。

「武士か町人だったか聞いたのですが、刀は差していなかったようです」

「…………」

「あっしは丹沢右近に違いねえと考えておりやすが、夜鷹のおとよは、見ればわかる。頬かぶりをしていたとはいえ、顔ははっきりと覚えているということでした」

それじゃあ、あっしはこれでと行きかけた猫八に、

「大丈夫ですか、肩……無理をすると、せっかく癒えた傷口がまたおかしくなってはいけませんよ」

「この通りです、先生」

猫八は、腕を元気よく動かすと、にこりと笑って帰って行った。

だがすぐに引き返して来た。今度はうなぎ長屋のおつたが一緒に入って来た。

「先生、助けてやって下さい」

おつたは、息を切らして胸を叩きながら訴えた。

「捨松さんがおかしいのです」

「捨松さんが？」

「はい……」

おつたの話によれば、捨松は日の暮れかけた頃長屋に帰って来たが、いつもと様子が違った。心配になったおつたが、捨松の家に入ってみると、捨松は恐ろしい顔をして、握りしめた包丁を睨んでいたというのである。

「何してんだい、捨松さん」

おつたはおそるおそる声をかけた。

だが捨松は、何も答えず見向きもしない。

おつたがそこに居ることさえも眼中にないように、包丁を手ぬぐいで巻くと懐に忍ばせた。

「何をするんだい。何を考えてるんだい、捨松さん。どうしちまったんだい、あの世でおっかさんが泣いてるよ」

思わずおつたは言葉を並べた。

ぎろりと捨松がおつたを見た。

「その恐ろしい顔ったら……」

おつたは千鶴に訴える。

「捨松さんは、それで、どうしました？」

「どこかへ出かけて行きました。どうしたらいいんでしょうね。あたしはね、捨松さんのおっかさんから息子を頼むと言い残されてんですよ。でもあんな恐ろしい顔をした捨松さんを止めることなんて出来るもんか」

「どこに行ったんだ、心当たりはねえのかい」

猫八が聞く。

だがおつたは激しく横に首を振って、

「わかってたらこんな時間にお願いにきやしません。あたし一人の考えではどうしていいのか」

「何かしでかすに違いねえ」

「とにかく捜さないと……」

千鶴は奥に走った。

「お道ちゃん、お竹さん」

まもなく千鶴、お道、お竹が猫八の後ろから治療院を飛び出して来た。


捨松が柳橋の袂に姿を現したのは四ツ（十時）の鐘が鳴り終えた頃だった。月は天空に輝いていて、橋の上には青白い光が降り注ぎ、時折酔っぱらいが通り過ぎて行くのを照らし出していた。

橋の袂にはさっきまで蕎麦《そば》の屋台が出ていたが、それも今はない。

捨松は石灯籠《いしどうろう》に身を隠すようにして、通り過ぎる者たちを品定めしているようだった。

こうして石灯籠に身を隠していると、幼い頃に空き家に身を隠しておみさと栗ご飯を頬張った時のことが思い出される。

その時に捨松は心の中で誓ったのだ。みさちゃんを守るのはおいらだと。

そこで捨松の記憶は遮《さえぎ》られた。

橋の北側袂から、恰幅《かっぷく》のよい商人が、ゆっくりと歩いて来たからだ。四十半ばかと思えるが、一見して大店の主と思《おぼ》しき男だった。

捨松は懐から包丁を取り出した。

大きく息をつくと、包丁に巻いていた手ぬぐいを外し、その手ぬぐいで頬かぶりをして石灯籠から橋の方に踏み出した。

「誰だね」

ちょうど目の前にやって来た商人が立ち止まった。

「か、か、か、金を出せ！」

舌がもつれたが、捨松は包丁を突き出した。

商人は声を上げると橋の上へ引き返そうと踵《きびす》を返す。

「ま、待て！」

商人を追って捨松も橋の上に走ろうとしたがその時、

「止めなさい！」

後ろから捨松の名を呼び、走って来た人がいる。

千鶴だった。

「先生」

捨松は逃げようとするが、走ってきた千鶴に腕をつかまれた拍子に、包丁を落としてしまった。

急いで拾おうと手を伸ばすが、千鶴がつかむのが早かった。

「先生……」

「これが一人で、一生懸命おっかさんを看病していた、あの捨松さんですか……見損いました」

哀しげな目で千鶴が見詰める。

「見逃してくれ、先生。みさちゃんを助けなきゃならねえんだ」

「捨松さん、もう終わりにしなさい。おみささんにはいい人がいるんですよ」

「嘘だ」

「捨松さんだって薄々感づいているんでしょ」

「………」

「捨松さんがこれ以上傷つくのを見ていられないのです。眼をさまして下さい。気持ちを切り替えて立ち直って下さい」

「みさちゃんのためなら、俺は、俺は何だってする」

捨松は叫んだ。叫びながら後退りし、くるりと踵を返すと、猛然と走り出した。

後ろから千鶴の声が聞こえた。だが捨松は振り向かなかった。

人通りのなくなった大通りを捨松は懸命に駆けていく。

月の光が走る捨松の姿を追いかける。幽鬼のように見えた。まもなく捨松は緑橋の東袂で立ち止まった。

おみさの店をきっと睨むと、大きく息をつき、大股で橋を渡った。

煙草屋の軒先に黒い影が動いたが、捨松は気づいていない。

その影は求馬だった。丹沢右近を尾けて来て、表で見張っていたのだった。

求馬が声をかける間もなく捨松は、険しい顔で店の戸を力まかせに開けた。

「みさ……」

店の中に入った捨松は息を呑んだ。

店の中でおみさが侍に口を吸われていたのである。

呆然として立つ捨松に気づいたおみさが、きまり悪そうな顔で言った。

「悪く思わないでね、捨松さん」

「…………」

「騙した訳じゃないのよ。この人が仕官するの、それでお金がいったのよ。仕官してちゃんと落ち着いたら、きっと返すからね」

おみさはなだめるように言う。だが側に立っている丹沢右近は、まるで出来の悪い芝居でも見ているように、にやにやして見ているのである。

捨松は頭に血が上った。

「み、みさちゃん、こんな奴と一緒になるのか。み、みさちゃんは騙されてるんだ」

精一杯胸を張って捨松は言い放つ。

「松ちゃん」

おみさは、おろおろして丹沢の顔色を見、一方で捨松を制するように呼びかけるが、捨松は近くにあった徳利をにぎりしめると、よろよろと丹沢に近づいて行く。

「こいつ、何を考えているのだ……」

丹沢が悠然と懐手のままうそぶいた。

「そうか、あのご隠居のようになりたいのだな」

へらへらと笑った。

捨松は、ご隠居という言葉に足が止まった。

「みさちゃんが、お、おいらに縄をほしいって言ったのは、こ、この男に渡すためだったのか。そしてお前は、この男は、あの縄をつかって、つかって」

捨松は燃えるような眼で睨んだ。

「捨松さん、お願い。あとで話すから、今日は帰って」

だが捨松は、おみさを払いのけると、ぐいと前に出て、

「訴え出てやる。お前を人殺しだと訴えてやる」

捨松は叫んだ。

「ふん、ようやく気がついたのか。お前が使っている縄を使ったのは、お前が殺ったように見せるためだったが、どうやら町方の調べはお前に届かなかったようだな」

「ひ、卑怯なやつ……」

「しかし馬鹿だな、お前も。俺が殺ったと訴えれば、このおみさだってただではすまぬぞ」

「…………」

捨松が大きく目を見開いて、ちらとおみさに視線を遣った。

「そうだろう……おみさだってご隠居殺しは納得して手を貸したことになる」

「ち、ちくしょう」

捨松は徳利をふりあげて丹沢に飛びかかっていった。丹沢は軽くいなして、徳利をふり下ろした手首をつかみ、もう一方の手で拳をつくって捨松の頬を打った。捨松は一間ほど飛び、腰から後ろ向きに落ちた。丹沢は刀を抜いて捨松に歩み寄る。

「右近さま、止めて」

おみさが叫んで捨松に覆い被さろうとしたその時、右近の刃がおみさの背中を斬った。

「みさちゃん！」

「止めろ、それまでだ」

求馬が飛び込んできて、二人を庇って立った。

「丹沢右近、お前の悪の全てを聞かせてもらったぞ。俺が調べたところでは、お前は公金を使い込んで追放になった男らしいな。そのお前が、いったい何処に仕官できるというのだ、ん……遊ぶ金欲しさに女の情けを利用し、あげくに人殺しをするとは呆れた奴だ。武士の風上にも置けぬ。俺が相手になってやる。表に出ろ」

「ふん」

鼻で笑った丹沢は、求馬に視線を置いたまま、外に出た。

求馬もゆっくり外に向かった。

「求馬さま」

千鶴が近づいて来た。

「千鶴どの、中に怪我人がいる。頼む」

求馬は千鶴の返事を耳にしながら刀を抜いた。

月は冴《さ》えている。対峙《たいじ》して抜き放った二人の刀が白く光る。

「それとも何かな、刀を納めて縛《ばく》につくか」

相手を挑発するように求馬は言った。

「くっ」

苦々しい声を発して、丹沢が走って来た。走りながら丹沢は、下段から上段に構えを変え、脇を引いて飛びかかった。

求馬はその刃を受け流し、横に飛んで走り抜けた丹沢に向き直った。

丹沢はもう一度走って来た。再び躱したが、丹沢はそこに止まってすぐにもう一撃をくわえてきた。振り下ろした刀を、そこから擦り上げるようにして求馬の脇腹を狙ってきた。

間一髪、向き直った求馬の脇を、丹沢の剣先が空を切って抜けた。

——今だ。

伸ばした丹沢の手首に隙を見た。求馬は峰を返すと、その手首に激しい一撃を加えていた。

丹沢の刀が音を立てて地に落ちた。

拾おうと手を伸ばした丹沢の腕を求馬は踏みつけ、

「俺の勝ちだな」

丹沢の背中に鉄扇《てっせん》を打った。丹沢は鈍い音をたてて崩れた。

「菊池の旦那」

猫八が走って来た。丹沢の側に腰を落とし、十手を出して丹沢の顔を手前に向けて確かめると、

「あとはお任せ下さいやし」

立ち上がって十手をしまい、とり縄を出して見せた。

「猫八、殺しを実見した者がいたな」

「へい」

「その者を呼んでこの男の顔を見て貰うのだ」

「合点です」

猫八は、歯切れの良い声を上げた。

八

おみさはこんこんと眠り続けている。

その枕元では捨松が正座して、もうどれほど見守っているだろうか。夜はまもなく明ける頃だ。

昨夜千鶴は、止血だけの仮の処置をしたおみさを桂治療院に運び込み、おみさの怪我の治療を終えている。

幸いおみさの傷は内臓を痛めてはいなかったが、出血がひどく、治療の多くの時間を血止めに費やした。

その後にシーボルトに教わった手術を施し、肩口から背中にかけて十三針も縫ったのだ。

その間も捨松は祈り続け、手術が終わりおみさが眠りについてからも目が覚めるまで側にいてやりたいのだと言い、おみさの枕元に座り続けているのだった。

夕べのうちに、丹沢右近はご隠居を殺したことを白状している。むろん夜鷹の証言あっての事だが、遠からず丹沢右近は、軽くて遠島、重ければその命を差し出さねばならない。

そしておみさも、ご隠居殺しは丹沢右近が計画し、実行したとはいえ、捨松から縄を貰って丹沢に渡したとなれば、たとえ回復したところで、重い罪は免れまい。

捨松にしてみれば、殺しの罪を自分になすりつけようとしていた事も承知の上だが、それでも傷ついた目の前のおみさに別れを告げることは出来ないらしい。

「少し休んではどうですか。気がついたら起こしてあげますよ」

千鶴が静かに入って来た。

「いえ、ここにいてやりてえんです」

捨松はてこでも動きそうにない。

千鶴がおみさの脈を診て、もう峠をこしていると捨松に頷くと、

「先生……」

捨松は大粒の涙を流して千鶴の前に手をついた。

「先生、ありがとうございやす。正直おいらは、ここでみさちゃんが命を落とし

たら、おいらも生きてはいけねえと考えておりやした」

「捨松さん」

「先生、実はおいらには、お、おいらには、みさちゃんが離縁されてこんな道にはまっちまった責任があるんです」

捨松は思い詰めた目で千鶴を見た。

「責任が……捨松さんに？」

怪訝《けげん》な顔で訊いた千鶴に、捨松は告白したのであった。

それは今から三年前のことだった。

おみさの亭主、油屋江戸屋の若旦那与七に女がいるとおみさに知らせたのは捨松だったというのであった。

おみさに長年恋心を抱いていた捨松は、おみさが嫁いだことに衝撃を受け、江戸屋の前を人知れず徘徊《はいかい》したこともあったのだ。

亭主の与七を尾けたこともあった。おみさが選んだ男がどんな人間なのか知りたかったのである。

けっして二人の暮らしを邪魔したり壊したりしようと思ったのではない。

だが捨松は、ある日与七が深川に女を囲っているのを知った。

自分の恋しい女を妻にしておいて、外にまで女を囲っているとは許せない。

捨松はいてもたってもいられなくなって、とうとう代書屋に文を書かせておみさのもとに投げ文したのだった。

やがてその事が原因で、おみさが離縁になった事を捨松は知ったのだ。しかもおみさは、それから坂を転がり落ちるように不運の道を歩むことになったのだ。

あの時あんな投げ文をしなければ、おみさは今も幸せに暮らしていたかもしれないのだと、ずっと捨松は考えてきたのだと千鶴に言った。

捨松は話し終えると、

「先生」

「おみさを不幸にしたのはおいらです。でもおいらは、どうしても自分のしたことを言えなかった。卑劣な人間だって思われたくなかった……」

捨松は男泣きに泣いたのだった。

思いがけない告白を聞いた千鶴は、しばらく無言で捨松を見詰め、そして眠り続けているおみさの白い顔に見入っていた。

捨松のおみさに対する愛情が並々ならないと思ったその原因を、千鶴ははじめて知ったのである。

とはいえ、だからといっておみさが、人を騙し、人を殺《あや》めていい筈がない。確かにおみさは薄幸な女だったが、やってきた事は許されるべきことではない。むろん千鶴は、おみさの罪が軽くなればと願っているが、目の前の捨松にも再起してほしいと願っている。

「捨松さん、あなたの気持ち、きっとおみささんはわかっていますよ。ですから、これ以上自分を責めることはおよしなさい」

「先生……」

「許してくれますよ」

その時だった。おみさが目を開いたのだ。

おみさの顔を千鶴は覗いた。

「おみささん」

「みさちゃん」

捨松も覗く。

おみさが目を覚ましたのだ。そしておみさは、弱々しく微笑《ほほえ》んだ。まだ暗い天井を見ておみさは言った。

「あたし、夢見てた……いい夢ばっかり……次々とみてた……醒めるのが惜しいような夢……」

「そう……どんな夢」

千鶴が微んで聞いた。

「最初はね、私と松ちゃんが栗ご飯をほおばってるとこ……」

「みさちゃん……」

捨松が声をかけた。小さなふるえるような声だった。

「その次はね、もっと小さい頃だった……私が星のお菓子を、大事に大事に、一粒ずつ口に入れてるの」

「星のお菓子？」

千鶴がたずねる。

「ええ。こんぺいとう」

「こんぺいとう……」

「東湖先生が持ってきてくれたものなの」

「父が……おみささん、あなた父のことを」

「はい、よーく覚えています。うなぎ長屋に来るたびに、あたしに千代紙を下さったり、こんぺいとうを下さったり……」

「まあ……」

千鶴は思わず声をあげた。

その時、小さな女の子の頭を撫でる父の姿が、かげろうのように頭の中に立ち上ってきた。

その父に頭を撫でられている女の子の顔が、おみさになったり、自分になったり……。

千鶴の胸の底から、じわりと熱いものがこみあげてきた。

第三話　桜紅葉《もみじ》

一

　牢屋敷の下男《しもおとこ》の重蔵《しげぞう》が使いに来たのは、千鶴が深川の材木問屋の往診を終え、あとをお道に任せて帰宅したときだった。

　材木問屋の主《あるじ》利兵衛は五日前に突然倒れた。千鶴の手当てで命はとりとめたものの、言語が不明瞭《ふめいりょう》で聞き取れなくなり、足も不自由になっていた。

　家の者たちは店のこともあるからと見通しを知りたがったが、千鶴は今のところは安静にするよう指示し、今後の治療法については経過を見ながら考えたいと説明して少し早めに戻ってきた。父の日誌を開けば何らかの示唆があるかも知れないと思ったのだ。

「蜂谷《はちや》様からの言伝《ことづて》です」

重蔵は、鍵役《かぎやく》同心蜂谷吉之進《よしのしん》の名を告げた。

いつもは牢内を管理している平当番の有田万之助《ありたまんのすけ》が呼び出しにやって来るのだが、蜂谷の呼び出しとは珍しかった。

千鶴がそのことを尋ねると、

「有田様は腹を下して休んでおります」

重蔵は笑った。

「昨日茸狩《きのこが》りに行ってきたらしいのですが、食い過ぎなのか毒茸を食ったのかわかりませんが」

「お医者には診て貰ったのでしょうね」

「へい、玄庵《げんあん》先生に……大事はないだろうという事でしたが」

玄庵というのは牢医のことで、米沢町に治療所を構える初老の内科医のことである。

牢屋には内科医である本道と呼ばれる医者が二人いて、交代で詰めているから、四人たちはいつでも医者の診察を受けることが出来る。ちなみに外科医は隔日で牢内を見回る。

万之助はこの本道の一人に診てもらったのだ。玄庵は偏屈者だと聞いているが、長い経験と腕の確さを考えれば、万之助への見立ても間違ってはいない筈だ。

「他の方は……茸狩りに一緒に行った人はいたんでしょう？」

「それが……」

重蔵はくすくす笑って、万之助は同じ牢同心仲間二人と行ったらしいが、その二人に体調を崩した者はいないことから、欲張って食べた万之助一人が腹を下しているのだと言った。

――人の良さそうな、そして実直そうなあの万之助が……。

食べ物にはそんなに執着があったのかと、千鶴は思わず吹き出してしまった。

それに重蔵が、こんなに話の運びがうまかったのかと千鶴は驚いていた。これまで千鶴は、重蔵と挨拶や短い会話はしてきたが、長話をしたことはなかった。

ところが重蔵は牢屋敷へ向かう道中でも、まるで万之助の様子を見ていたように、夢中で茸狩りに興じる姿や、採った茸を七輪《しちりん》で焼き、がつがつ頬張《ほおば》る様子を千鶴に話して聞かせたのだった。

「すみませんな、こんな時間に」

重蔵と詰め所に入ると、いつもは気むずかしい顔をした蜂谷吉之進が、待ち受けていた。

「腹が痛いという女がいまして」

吉之進は申し訳なさそうな顔で言う。

「女には明日まで待てないかと言ったのですが、牢屋の中にいる人間だから命を軽んじているのか、などと牢名主のお勝《かつ》までが言うものですから」

苦笑してみせた。

吉之進の言うのには、ならば玄庵に診てもらおうとしたところ、

「千鶴先生を呼んでやってくれないものかね。女にはね、男の医者には言えないこともあるんだからさ」

お勝は頑《がん》として譲らなかったと言うのだった。

男の囚人たちなら怒鳴ってすむことも、女となると蜂谷吉之進にしてもやっぱり少しは気を遣う。

「女はおぶんという者です。昨日入牢したばかりの者ですが」

吉之進の説明を聞きながら、千鶴は女牢の前に立った。

「お勝、千鶴先生だ」

吉之進が中に向かって呼びかけると、

「へーい」

お勝の声がして、千鶴と変わらぬ年頃の女が鞘《さや》の外に押し出されて来た。女は腹を押さえて顔をしかめている。

重蔵が手際よく框台《かまちだい》に茣蓙《ござ》をひいた。

そして吉之進と重蔵は、千鶴たちに背を向けて立ち、外鞘から牢獄の庭に目をやった。

頃は七ツ半（五時）になっている。西に傾いた太陽が牢獄の庭に長い影をつくっていた。牢獄の屋根の影だった。

地面にはおおばこなどの草が、まだ青々としてしがみついているが、庭から土間に忍び入るのは秋の風だった。

庭には格別眼を奪われるほどのものがある訳ではないが、千鶴が女囚を診察する時には、牢同心や下男は、みな背を向けて立つようになっていた。

「おぶんさんでしたね」

千鶴は茣蓙の上に座った色の白い女に訊いた。

女は、こくんと頭を下げた。

「おぶんさん、この先生は女だてらに名医だからね、良くみて貰いな」

格子の向こうからお勝はおぶんの背に言ってから、奥の名主の座にあぐらをかいて座った。

「お腹が痛いんですね、横になって下さい」

千鶴が茣蓙を目指すと、おぶんは仰向けに寝た。

おやと千鶴は思った。先ほどまで眉間《みけん》に皺《しわ》を寄せていた筈なのに、茣蓙の上に寝ころんだおぶんの顔には、痛みに耐える苦痛が見えない。

「どこが痛いの？　押さえてごらんなさい」

千鶴が着物を割って胃の辺りに手を差し入れたその時、

「先生……」

おぶんの手が、伸ばした千鶴の手をがっちりと摑んでいた。

驚いて見返した千鶴の顔を、おぶんは縋《すが》るような目で見上げると、

「先生、お願いがあります」

小さい声で言った。聞き取れるかとれない程の小さな声だった。

「あなたは……」

千鶴は、むっとした。

千鶴を呼んだのが、腹痛ではなく別の用事だとわかったからだ。

するとお勝もそれを知っていて一役買ったということか。

お勝の方を覗き見ると、お勝は横を向いてしらんぷりを決め込んでいる。

確かに以前、千鶴はお勝の願いを叶《かな》えてやった。しかしそれは、お勝に相応の事情があって、千鶴も同情してのことだった。

だが、こういう事がたびたび起こると、女牢に女医者を置くことは控えようという話になる。それだけで済めばよいが、へたをすれば千鶴だってなんらかのおとがめを受けるに違いない。

いや、そういうことより、こちらが女医者だとみくびって、情に訴えればなんなく言う事を聞いてくれると思われては、医者としての沽券《こけん》にかかわる。それに、よこしまな動機で利用しようとする者が現れかねない。

この江戸で、女が医者の看板を上げているところはない。父親が医者で、医師の資格も十分にあったとしても、まだ女の医者を一人前扱いにはなかなかしてくれない風潮にある。

だからこそ千鶴は、名誉や立身を望み、高い薬礼をとる男の医者たちに挑戦するように、医は仁術を実践している。

志を高く持っていなくては、女の医者などすぐにはじき出されてしまうだろう。世間が女の医者に厳しいのと同程度に、自分自身にも厳しくあらねばならない。それが千鶴が自身に課している戒めだった。

——こんな勝手を許してはいけない。

その事が千鶴の頭にまずよぎった。

しかしだからといって厳しく叱れば、蜂谷吉之進に気づかれるだろう。そうなれば、おぶんだけなくお勝もなんらかのお仕置きを受けるに違いなかった。

千鶴は、腹は立つが声を荒らげるのは止めた。

険しい目で睨《にら》み返すと、摑まれている手を戻そうとした。だが、おぶんは全身の力で千鶴の手を捕まえている。

「放しなさい。許しませんよ」

小さな声だが、厳しく言った。

「すみません……でも他に仕様がないんです」

女の目は潤んでいた。双眸《そうぼう》に膨れあがった涙が水晶のように光っている。

「富沢町《とみざわちょう》の長屋、里見清四郎《さとみせいしろう》様に……」

おぶんは、紙切れを千鶴の手に押しつけた。きちんと小さく畳んで結んでいるが、その紙には文字がしたためられているのが透けて見える。

手紙だった。外につなぎをとってくれというのだろうか。

たいがいの事なら、駄賃を渡せば牢屋に詰めている下男に頼むことは出来る筈だ。

それを下男に頼まずに千鶴に頼むということは、けっして役人などには知られてはならない文言を紙に並べているに違いない。

千鶴は咄嗟《とっさ》に押し返そうとした。だがおぶんは、渾身の力でそれに抗った。手首を摑んで、千鶴の返事を待っている。その目に強い決意のようなものが見えた。

「お願いします。一刻を争うことなんです。命がけのことなんです」

おぶんは囁《ささや》く。

千鶴は、太いため息をつくと、ちらと吉之進の方を見た。

吉之進は重蔵相手になにやら笑いながら話している。

「後生ですから……」

血を吐くようなおぶんの声に、とうとう千鶴は小さく頷いた。

「ありがとうございます」

おぶんは、胸元で手を合わせた。

「いいですか、二度とこんな事をしたら承知しませんよ」

千鶴は厳しい顔で念をおすと、結び文を前帯に挟んで立ち上がった。

一刻を争う命がけのこと……その言葉に千鶴は抗《あらが》うことが出来なかった。

「薬は後で持たせます。お腹をひやさないようにしなさい」

起きあがって着物の前を合わせているおぶんにそう言うと、

「蜂谷さま、終わりました」

千鶴は蜂谷の背に声をかけた。

二

求馬は、おぶんから預かった結び文を読み終わると、千鶴の膝元に返してきた。

預かった文を勝手に読むことには抵抗があったが、頼んで来た相手が女囚とあっては、一度目を通さずにはいられなかったのだ。

だがその文には、謎かけのような文字が並び、千鶴はおぶんが里見清四郎に何を伝えようとしているのか怪訝《けげん》に思ったのだ。

そこでやって来た求馬に読んで貰ったのだが、

「どう思われますか？」

千鶴は文を自分の膝の上に取り上げてから、横顔を見せて庭に視線を放ったまま思案している求馬に尋ねた。

求馬は庭から縁側に腰掛けている。千鶴の診療所で使う丸薬を作ってもってきてくれたところで、千鶴も縁側まで出て求馬と向き合っていた。

丸薬は食あたりに良く効くもので、根岸の酔楽も求馬の丸薬を使っていた。

「これは……」

求馬は、奥でまだ居残りの患者がいるのをちらと見てから千鶴に向いた。

患者は二人で、一人は包帯を頭に巻いて横になっていて、もう一人は常連のおとみだった。おとみは俯《うつぶ》せになってお道に湿布をしてもらっていた。

「両国稲荷《いなり》前、浅葱色《あさぎいろ》の小袖、茶の袴《はかま》、総髪、暮れ六ツ（六時）……か。これらの文字がどうつながるか見当もつかないが、里見という相手にはこれでわかるという事だろう。他人の眼にふれるのを恐れて用心したものに違いない」

「私もそう思いました」

「両国稲荷の前で、こんななりの誰かと暮れ六ッに会った、とも解釈できるし、暮れ六ッにそこに行けば会える、とも解釈できる」

「はい」

「しかしそれが一刻を争う大事につながっているとは……」

求馬は考えあぐねていたが、

「大体、これを千鶴どのに渡したおぶんという女は何者なのだ？　どんな罪を犯したというのだ」

求馬の興味もそこに落ちついた。

「鍵役の蜂谷さまの話では、柳橋の『富士屋《ふじや》』という船宿の仲居をしている人だそうです。お使いに出た帰りの両国橋袂《たもと》で、町方の同心の懐を狙ったとかで、その場で御用、即日牢送りになったのだと」

「それはまたドジな話だな」

「そうなんです。お奉行所の同心の姿は遠目でも一目瞭然《いちもくりょうぜん》、黒の紋付羽織を短く着て、着流しに帯刀、巾着《きんちゃく》切りを仕事にしている者だって避けて通るでしょう」

「しかし、トウシロの俄掏《にわかす》りに狙われた同心もまぬけた奴だな」

求馬は笑ったが、

「ひょっとして、これは俺の憶測だが、同心と知ってやったのかもしれぬよ」

「ええ、私もそう思ったのですが……今日会った様子だと、故意に牢屋に入るためにやったとも思えなくて」

「筆跡を見るかぎり、ただの町人の女ではないな。あんまり深入りしないことだな」

求馬はそう言ったものの気になった。女の正体も気になったが、千鶴がこのまま手を出さずにいられる筈がないと思ったのだ。

案の定、

「渡すと約束しましたから渡さない訳には……」

独りごちて立ち上がろうとしたその時、

「これは旦那もおみえになっていたんですか」

猫八がやって来た。

猫八は深刻な顔を作ると千鶴の側に来て座った。

「先生、何かこう、よく眠れる薬ってのはありませんかね」

言い出しにくそうに尋ねる。

「眠れないのですか、猫八さん」

「あっしじゃねえんです。うちの旦那ですよ。近頃眠れねえっていらいらしっぱなしで」

「何かあったのか」

求馬が訊いた。

「三月前ですか、両国稲荷で殺しがありやして。滅多斬りというやつですよ。それはもう残酷な殺しで、その探索がちっとも進んでいねえものですから、あっしにまで当たり散らして困っています。どうやら夜は眠れねえ、それなのに定町廻りたちからは責任をなすりつけられているようで、へい」

「あの旦那が眠れないっていうのは余程のことだな」

求馬も相槌《あいづち》を打つ。

「いやはや、そのいらいらが高じていたのか、三日前に両国で女に財布を狙われましてね」

千鶴と求馬は驚いて見合わせた。

「捕まえて、牢送りにしちまったって、あっしは今朝聞きましてね、まったく驚きやした。あっしがついていてりゃ、未遂に終わったんですから、言い聞かせて家に帰してやりますよ。それがいきなり牢送りだ、どうかしてます。薬でもなんでも飲ませて、一度ぐっすり寝かせてやらなくては、そう思いましてね」

「猫八さん、その、牢送りにした女の人って、おぶんさんて人ではありませんか」

千鶴が訊いた。

「いや、そこまでは聞いておりやせん」

「きっとそうです。それも、柳橋の船宿、富士屋さんの仲居をしていた人だとか」

「なんですって。富士屋といえば同じ町内の同業の者だ。旦那も女将《おかみ》も良く知っている」

猫八は思わぬ話に目をくるりと開いてから言った。

なにしろ猫八は、柳橋の船宿『島や』に養子に入って、店は女房のお民にやらせている。

「そういや、今朝女房が妙なことを言っていたな。富士屋さんがお願いしたいことがあってえことだから行ってきてくれって。今夜のうちに覗けばいいかと思っていたんだが、ひょっとしてそのことで……」

猫八は、はっとして千鶴を見た。

千鶴が富沢町の裏店《うらだな》を求馬と訪ねたのは、その日の夕刻だった。

長屋は、地紙唐紙屋《じがみからかみや》『丸美屋《まるみや》』の横手から入った路地裏で、女房たちは忙しく夕食の準備にかかっていた。

里見清四郎の名を出すと、井戸端で大根を洗っていた太った女が、

「木戸から三軒目、軒に板きれが揺れてるだろ、あそこ」

千鶴たちが過ぎてきた一軒を指した。

引き返して、求馬がその板きれを引き寄せて見た。

『かんばんかき　だいしょ　なんでもや』とある。さまざま職を求めているらしかった。

「ごめん下さいませ」

千鶴はおとないを入れた。

「入ってくれ」

中から声がした。

「里見清四郎さまでございますね」

千鶴は土間に入って、声の主を見た。

「いかにも里見清四郎だが」

清四郎は筆を置いて鋭い目を向けた。千鶴の側に求馬がいる事に神経を尖らせたようだった。

素麺箱《そうめんばこ》を机にしてなにやら書き物をしていたようだが、壁には書き上げた看板などが立てかけてあった。その看板には墨の跡もくろぐろとして、『おやすみどころ　花折』などと書かれている。

清四郎は立って来て、板の間に座った。端正な顔立ちだが、頰に暗い影を宿している。

「わたくしは牢医師の桂千鶴と申します。そしてこちらは菊池求馬さまとおっしゃいまして」

「貧乏旗本だ、食うのにいっぱいいっぱいで、千鶴どのの診療所に丸薬をおさめておる」

求馬は言わなくてもいい説明までして自身を紹介した。清四郎の警戒を解こうとしたのだった。

果たして、清四郎の射貫くような目は、訝《いぶか》しげな目の色に変わっていた。

「実は、おぶんさんからお使いを頼まれまして」

千鶴は預かった文を清四郎の膝前に置いた。

「おぶんですと、おぶんが何故《なにゆえ》牢医師のあなたに……」

おぶんの名に清四郎は驚いた様子だった。

千鶴が牢内で文を預かったいきさつを告げると、清四郎は慌てて文を開いて読んだが、険しい顔で呟いた。

「余計なことをする」

清四郎は吐き捨てるように言った。

千鶴と求馬は思わず顔を見合わせた。

お仕置きも覚悟で千鶴に縋ったおぶんのことを考えると、あまりの言い草だった。おぶんだけではない。牢医師としての禁を犯してまで引き受けた私に対しても、いらぬお節介を焼いてくれるなと、そう言いたいのか。里見清四郎の反応は意外だった。千鶴はひとこと返してやりたい気持ちを我慢した。

清四郎は文を懐にしまうと、

「おぶんはいったい、何をして牢屋に入れられたのですか」

苦い顔をして訊いてきた。いかにも他人行儀な物言いに千鶴は腹立たしく見返したが、その千鶴にかわって求馬が答えた。

「同心の懐を狙って捕まったようです。未遂で、しかもはじめてですから、きっと早くに出てこられると思いますよ」

清四郎はほっとした表情をちらと見せたが、すぐに怖い顔つきをして、

「おぶんに伝えてくださらんか。もう私に近づくなと」

「里見様……」

千鶴がたまりかねて叫んだ。

「迷惑だと言ってくれ」

「迷惑……それはあまりの言葉です。おぶんさんは涙を流してこの文を……命にかかわることだと言ったのです。私もそれがなかったらここには参っておりません」

「そなたたちに話しても仕方のないことだが、もう構わないでくれと言ってくれ」

「おぬし」

求馬もむっとする。だが清四郎は、

「ご苦労をおかけした」

一礼すると、奥の机の前に戻って筆を取った。

これ以上の問答はお断りするといった、かたくななものが険しい横顔に現われている。

千鶴は求馬を促して外に出た。その二人を見つけて、

「ちょいと、変わった人だったでしょ」

つんつんと里見の家を指差してくすくす笑ったのは、先ほど井戸端にいた女だった。

「だっれも、あの家には寄りつかないよ。久蔵《きゆうぞう》さんがいた頃には、久蔵さんが表に立ってさ、長屋のみんなともつきあってたのに」

「久蔵さんというと……」

「ああ、里見の旦那と一緒に暮らしていた中間《ちゆうげん》の人ですよ。感心な人でね。良く働いて里見の旦那をもりたてていたんだけど、殺されちまったんですよ」

「殺された……何があったんだ？」

求馬が里見の家を見やりながら訊いた。

「さあ、何があったんでございましょうね」

太った女房は、千鶴と求馬を袖を引っ張るようにして木戸近くまで連れて行くと、声を潜めて、

「里見の旦那に聞かれちまったら、あとでまずいからね」

などと言い訳がましく前置きして、

「なんでも通りすがりの者に殺されちまったんだって旦那は言ってたけど、ここに入って来た時から何か訳ありの様子でしたからね」

思わせぶりに言った。恰好の話し相手にめぐり合ったといわんばかりだ。

女房の話では、二人が長屋に入って来たのは三年前のこと。その時から久蔵が口入れ屋《くちいれや》の仕事で稼いだ金で二人の暮らしを支えているようだったが、久蔵は身分をわきまえて、日々の暮らしでも、旦那様、旦那様と清四郎に尽しているように見えた。

ある時、中を覗いた女房は、食事の時も主より先に箸をとろうとはしない、じっと側に控えている久蔵を見て感心した。寝る場所も、土間に続く二畳の板の間で寝ていたというのだった。

中間の久蔵がそれほどの苦労をしているというのに、清四郎は稼ぎに出ること

はなかった。

毎日決まったように出かけて行ったが、なんでも仕官の口を捜しているとかで、疲れた顔をして帰って来た。

清四郎には、ずっと暗い影がまつわりついている。笑顔を長屋の者に見せることはなく、むこうから話しかけてくることもまずなかった。

久蔵が亡くなってから俄に軒下に看板を出して、よろずの仕事を引き受けますと、やっとその気になったようだが、それまでの清四郎は久蔵に頼りきって暮らしてきた苦労知らずだと、女房の話は里見に対して辛口だった。

「久蔵さんがいなくなってから、里見の旦那には一層近寄りがたくなりましたね」

女房は不満そうに口を曲げた。長屋の暮らしは相身互《あいみたが》い、それが出来ない清四郎の存在は、何かそこに異物が入り込んでいるような、長屋の者たちにはそんな感覚なのかもしれない。

「その久蔵だが、いつ殺されたのだ」

求馬が訊いた。

「ついこの間ですよ。三月ほど前だったか、両国で斬り殺されたんだって……」

「………」

求馬の目がきらと千鶴を見た。

千鶴も求馬を見返した。猫八が言っていた滅多斬りの殺しの話を思い出していた。

女房は、ちんと鼻を前垂れで擤《か》んでから、また話を継いだ。

「戸板でここに運ばれて帰ってきたんだけどね、知らせを聞いて駆けつけたおぶんさんが泣いて泣いて、あたしたちももらい泣きして」

「おぶんさんて……おぶんさんをご存じですか」

千鶴が驚いて訊いた。

「ええ、知ってますよ。久蔵さんの妹さんですよ。兄さんが元気な時から時々ここに来ていましたからね」

そして久蔵が亡くなると、今度はおぶんが足繁《あししげ》くやってきて、清四郎の世話を焼いているのだと言った。

女房はおぶんが小伝馬町《こでんまちょう》の牢に入ったことは知らないようだった。

千鶴が礼を述べて木戸の外に向かおうとすると、女はまた引き止めて、

「そうそう、もう一人ね、旦那を訪ねて来る人がいましたよ」

女は、目をくるりと剝いて手を打った。

三

その日は朝から雨が降っていた。

縁側から空を見上げると、いつ晴れるとも知れないほど空は厚く曇り、細かい雨が蕭然《しょうぜん》として落ちてくる。

しかも急に冷え込んできた感があった。冷たい雨だった。

往診には肌着一枚重ねて出たが、本所《ほんじょ》の患者宅を出た時に雨はようやく上がった。

傘を畳んで空を見上げると、西の空に日の光が見えた。だが、夏のように照りつけてくることもなく、控えめで心許なく感じられた。

降っては止み、降っては止みするうちに、気温はどんどん下がっていく。秋が深くなるのであった。

千鶴は水たまりを用心深く避けながら帰路についたが、一人になると、昨日牢で見たおぶんの顔を思い出した。

千鶴が別の女囚の手当に出向くと、おぶんは呆然《ぼうぜん》とすわっていたが、千鶴の姿を見るや膝を直して手を合わせたのだ。

ほんの一瞬のことだったが、おぶんの気持ちの中で、あの文を清四郎に渡すことが、どれほど大事だったのかわかろうというものだ。

「先生、あたしもあの子も、先生のご恩は忘れない。牢の中から何言ってんだって言われればおしまいだけど、ほんとに心底思ってる」

牢名主のお勝は、わざわざ内鞘まで出てきて千鶴に言ったのだった。

それほどまでに想いを寄せる里見清四郎はというと、二度と自分に近づくな、迷惑だと伝えてくれと冷たい返事をくれたのである。

むろん千鶴は、おぶんに伝えられる筈がなかった。

おぶんにしてみれば、自分が託したあの文が、清四郎の役に立ったと思うこと、その事だけが牢での辛い日々を耐える支えなのかもしれないのだ。

随分冷たい男だと、千鶴はあの時思ったのだが、ただあの言動が清四郎の本心なのかどうかは疑わしいと思っている。

——あら。

千鶴は両国橋を下りたところで、向こうから悲壮な顔をしてやって来る浦島に気づいた。

「浦島さま」

近づいた浦島に声をかけると、

「これは」

浦島は驚いて、

「いやあ、ちっとも気がつきませんでした。往診の帰りですか」

懐かしそうに歩み寄ってきたが、いつもの元気はない。

「それにしても随分難しい顔をしていること、浦島さまらしくありませんね」

千鶴は笑顔をつくって声をかけたが、

「まったくです」

浦島は苦笑いをしてみせると、

「八方ふさがりでしてね。そうだ、一杯やりませんか……は駄目ですよね。どうです、お茶でも……先生とお茶でも飲めば元気がでるかも」

相変わらずの亀之助節を返してきた。

「わたくしも、お会いしたらお聞きしたいことがありました」

近くの茶屋に入り、女が注文を訊いて下がると、千鶴はすぐに真顔になった。

「おぶんさんのことです」

「おぶん……ああ」

「私はつい先日女牢にいるおぶんさんという人を診たのですが、どうしても納得がいかないのです。何故浦島さまの懐を狙ったのでしょうか」

「ふむ、私も変だなとは思いました。この格好ですからね」

浦島は両手を広げて見せてから、

「どこから見ても同心です。子供でもわかる」

「そう、すぐそこですよ。両国稲荷の近くでした」

「歩いている時？」

「両国稲荷……」

「そう、私が歩いていたら、稲荷から女が飛び出して来て、私に体当たりするようにね。しかも懐に手を入れて財布を引っ張り出そうとしたんです。それで捕まえた。それが何か……」

「稲荷に、別の人の影があったとか、覚えていませんか」

「さあ」

亀之助は首をひねるが、

「そう言われれば、私は稲荷の方を見た訳じゃありませんが、おぶんが、なんだか怯えているような目で稲荷の方を見ていたような」

千鶴は深く頷いていた。

「それに、おかしいと言えば、あれじゃあ財布を掏れるはずもない、ずぶのシロウトの出来心というやつだろうと思ったから、その場で言い聞かせて帰すつもりでした。ところがあの女が言ったんです。番屋まで行きます。私、悪いことをしたんですからと……で、番屋まで連れて行ったんです。これが悪かった。今月は特に巾着切りを厳しく取り締まれとのお達しがあったものだから、初犯も牢に送られることになりまして」

おぶんには気の毒だったと、亀之助は後悔している様子だった。

ただ、そういう事情で牢送りしたおぶんは初犯で未遂だったこと、それに、勤めていた富士屋から嘆願書が出ていることから、数日後には決裁が下りて牢から出られる筈だと言うのである。

「ただね」

亀之助は眉をひそめると、おぶんは牢を出られても、柳橋の富士屋には帰れなくなったと言った。

「どういうこと……富士屋さんは嘆願書まで出してくれたんでしょ」

「それが、猫八が店に訪ねて行った時に女将がね、人の懐を狙った者を、たとえそれが未遂であっても、この店では使えないと言ったらしいんです」

「…………」

「猫八は富士屋を責められないんだと言っていた。客商売ですからな」

千鶴の脳裏に、牢内にぽつんと座るおぶんの姿が過《よ》ぎった。

おぶんは、あの牢の暗がりの中で何を考えているのだろうか。おぶんは兄の久蔵まで殺されているのである。

「もうひとつお聞きしたいのは、浦島さまが探索することになった両国の三ヶ月前の事件です。殺された人の名は、久蔵という中間だったのではないでしょうか」

そうだとすれば、久蔵はおぶんの兄だと告げると、亀之助は驚いた様子で、

「本当ですか、それは……知りませんでした」

亀之助は意外な成行に驚いている。

「久蔵さんが仕えていた主の里見というお方は、久蔵さんは通りすがりの者に殺

されたようだと長屋の者には言ってるらしいのですが」

千鶴は、自分がその長屋に足を運んだいきさつは伏せたまま長屋の女房から聞いた話を伝えると、亀之助は首を横に振って否定した。

「それはおかしい。何人か見ていた人がいるんですが、相手は浪人で、久蔵の方も知っていた様子だったというのですから」

「………」

やはりそうかと千鶴は思った。

殺された久蔵は、滅多斬りされていたと聞いている。行きずりの者ではない、強い恨みがこもっているように思われるのだ。

「生国は……殺された久蔵さんの」

お茶を飲み干して聞いた千鶴に、亀之助は言った。

「美濃国高垣藩《みののくにたかがきはん》です」

雨上がりの庭は零《こぼ》れ出た燭台《しょくだい》の灯に黒く光って見え、忍び入る風はひんやりとして、襟《えり》を合わせたいほどである。

薬園の方からは虫の声が聞こえ、千鶴はしばらく診察記録を書く手をとめて、求馬の言葉を思い出していた。

求馬は今日夕方ふらりとやって来ると、浦島亀之助から話も聞いたが、おぶんにまつわるこの度の一件は、どう考えてもきなくさい匂いが伴う。深入りはしないほうがいい、万が一怪我でもしたら、千鶴の治療を受けている他の患者はどうなるのだと、険しい顔をして忠告したのである。

確かに求馬の言う通り、千鶴は医者である。医者は病を治すことが職務だが、千鶴の中では、その職務の枠に自分がすんなりとおさまるのを潔しとしないところがある。

腹が痛いといえば痛み止めの薬を出し、怪我をしたといえば包帯を巻いてやるばかりが医者の仕事だろうかと考える。

はっきり原因のわかる病気など少ない。はかばかしい治療の効果が得られない時に、患者の話を聞いてやり、頷いてやることで、病状が好転した者は幾人もいる。

日々の暮らしの無茶を正すよう注意を与えると、目に見えて症状が好転していく患者もいる。

父に倣《なら》って診察日誌を千鶴がつけるのも、身体と心は深い関わりがあるとわかってきたからだ。

医者は、身体の病を診る時には、心の病も一緒に診る。それが医療だと父の東湖は書いていたが、熱心に患者を診れば診るほど千鶴もそう思う。

だから、おぶんの事も頭から離れないのであった。牢内から手を合わせていたあのおぶんの心は、深く傷ついて病んでいる。

求馬には深入りしないと約束はしたものの、もはや黙って見ている訳にはいかないのではないか。

果たして、翌日の昼過ぎに、富沢町の裏店から太った女房の連絡を受けると、千鶴はすぐに長屋に向かった。

女房に千鶴は頼んでおいたのだ。清四郎のところに人が訪ねて来た時には知らせてほしいと。

「先生、まだ家の中です。いつも帰られるのは日が落ちる前ですからね。まだ四半刻（三十分）はありますよ」

女房は言い、なんならうちで待ってもらってもいいんだと言ってくれたが、千鶴は断って木戸の前で待つことにした。

女房の言葉は本当だった。四半刻もすると、清四郎の家の戸が開いて、若い武家が出てきた。

清四郎と似た年頃だった。月代《さかやき》も青々として、袴を着け、大小を帯びていたが、温厚な顔つきをした男だった。

「もし」

千鶴が木戸口で呼び止めると、

「これはもしや、桂先生ですか」

意外な返事が返ってきた。

「清四郎に聞きました。牢医の桂千鶴と申される人が訪ねてきたと……」

「驚きました。あの里見さまが」

「酷《ひど》いことを言った、嫌な奴だと思われたでしょうな」

「……」

「許してやって下さい。事情があるのです」

その言葉に、男は至って清四郎に近い人で、清四郎の一身上の事情をよく知っている人のように千鶴には思えた。

「その事情を、あなたさまにお聞きしようと思いたちまして、ここでお待ちしていたのです」

千鶴は男の顔をじっと見詰めた。

「なんと……」

武士は千鶴の姿を足下から頭のてっぺんまで見回した。千鶴は白衣は脱いできたが袴は着けていた。おぶんを知る女牢の医者だというこの人に、どこまで話してよいものか自問自答しているようだった。

「不躾《ぶしつけ》なことで申しわけありません。おぶんさんの事が気になるのです」

牢から解き放されてもおぶんは行くところがない。そんななかで二度と近づくなと言った里見の言葉には憤《いきどお》りを感じている。

おぶんには辛い話ばかりだが、ただ里見に事情があるのなら聞きたい。千鶴はそう思ったのだ。

「牢医として、乗りかかった船だと思っています。お聞かせ下さいませ」

千鶴は有無を言わさぬ目で見詰めた。

「清四郎に大事な知らせをしていただいたあなたのことだ。あなたになら話しても清四郎は何も言えまい。ただしこれは他言無用に願いたい」

宮田源七《みやたげんしち》と名乗った武士は、千鶴が誘った蕎麦屋の二階に端座すると、まず険しい顔でそのように切り出した。

「約束します。二言はありません」

千鶴がきっぱりと応えると、源七は運ばれてきた茶でのどを潤してから、

「里見清四郎は、敵《かたき》を捜している身なのです」

はっきりと言った。

「…………」

千鶴は絶句した。何か容易ならない事情を抱えているらしいことは想像もしていたが、実際告げられると俄に千鶴の背筋に冷たいものが走った。

「お国は、美濃高垣とお聞きしていますが」

「流石《さすが》だ。そこまで調べられたか。さよう、里見は高垣藩四万石の家臣でござった……」

宮田源七と里見清四郎は竹馬の友である。勉学も剣術も常に一緒だったし、父親の跡をついで出仕したのも同じ歳だった。

宮田源七は親代々馬廻り役で、清四郎の方は、こちらも親代々縁切寺《えんきりでら》の役人だった。

「縁切寺と申しますと、あの夫婦の縁を切る？」

思わず千鶴は尋ねていた。

「その通りです」

源七は頷いてから話を継いだ。

藩内の小高い丘に初代藩主の正室が隠居とともに移り住んだ『瑞光寺《ずいこうじ》』という寺があるが、そこが藩も認める縁切寺で、以後も藩主の最も愛した側室などが庵主として座り、捕吏の追求の手などが直接的に及ばない、藩内では一目おかれていた権威のある寺である。

役人は二人いて、家禄は百石、お目見えで、藩主が国元で正月を迎える時には、庵主に付き従って城に上がって挨拶もせねばならず、気の重い役向きでもあった。

清四郎がこのお役の跡を父の作左衛門《さくざえもん》から継いで三年半、秋の深まるころだった。

金子力弥《かねこりきや》という足軽の妻が、寺に駈け込んで来たのである。

名を里《さと》といい、実家は城下近在の庄屋の娘だったのを、力弥が一目惚れして妻にしていたのだが、力弥が剣術仲間だったことから、清四郎は困惑した。

なにしろ力弥の祝言には、清四郎も源七も出席している。一年前のことだ。まだ祝言を挙げたばかりだというのに、里はもう勘弁ならぬ、辛抱出来ぬというのであった。

原因は力弥の酒乱だったた。以前から酒好きは衆目の認めるところだったが、勤めから戻ると酒にひたり、ちょっとしたことで里に暴力を加えるらしかった。

清四郎は、もう一人の役人と協議の上、さっそく里の親や仲人筋の者たちも呼び集めて事情を聞いたが、どう考えても力弥に非があると判断した。

里も寺に駈け込んだのは、祝言に列席してくれた人の中に寺役人の清四郎がいたからで、他の考え、たとえば夫の上役に相談するなどという考えはなかったらしい。

里は寺の庫裏《くり》の一室に匿《かくま》われた。

離縁が決まれば寺をすぐに出ることになるのだが、夫が承知しなければ、二年の間寺で修行して、それから再出発となる。

つまり二年の間寺に入っていれば、藩の権威で夫がどう言おうと離縁が成立するのだった。

これまでの決まりどおりに、清四郎は力弥に差し紙を送った。

ところが、妻が寺に駈け込んだと聞いた力弥は逆上していて、寺からの差し紙を破り捨て、清四郎の家に乗り込んできたのだった。

その時清四郎は留守で、父親の作左右衛門が応対に出た。

力弥は、妻を返せ、離縁はしない、親父殿を人質にとっても俺の意を通してみせると作左右衛門に迫った。

作左右衛門は一喝《いっかつ》した。

そんな脅しで藩の法をまげられる訳がない、馬鹿な真似は止めろと厳しく叱った。

すると力弥は抜刀し、いきなり作左右衛門を斬り殺したのだ。

力弥はその時酔っていた。さすがに自分の暴挙の重大さに気づいたのか、その足で藩を逃走して行方知れずになったのだ。

一部始終を見ていた中間の久蔵が、寺に走って清四郎に知らせたが、帰宅した清四郎が目にしたのは、事切れた父親の側で泣き崩れているおぶんの姿だった。

おぶんは兄とともに里見の家の中間部屋に住み、台所いっさいを任されていたのである。

清四郎は直ちに国を出て敵を討つように上役の寺社奉行から申し渡された。

事は清四郎の父親を殺されたということだけではなく、藩法に盾突《たてつ》いた者として、金子の成敗を言い渡され、成就《じょうじゅ》しなければ帰参ならずと強く釘を打たれたのだった。

「かれこれ三年になるのだ。私は江戸詰として殿のお供をして参ったのだが、ときおりこうして清四郎の様子を見にきている」

宮田源七は淀みなく千鶴に伝えると、

「相手が相手だ。おぶんさんには、これ以上危ない真似はさせてはならぬと、清四郎はそう考えたんじゃないかな」

千鶴の顔を改めて見た。

「でも」

千鶴は見返して言った。

「おぶんさんも兄さんを殺されているんです」

「いや、だからこそだ。分別を失った金子力弥は、女であろうと死への道連れにする奴だ。危険が伴う」

「でももう、おぶんさんはその危険に足を踏み入れています。私はそう思います」

千鶴は語気を強くして言った。

四

千鶴が再び小伝馬町の牢に呼ばれたのは、翌日早朝だった。

今度は有田万之助がやって来た。

「いや、お恥ずかしい、食い過ぎです。もうこりごりです」

などと照れくさそうに笑いながら頭を掻いたが、すぐに真面目な顔に戻して、

「おぶんが血を吐きました。本人は医者はいらないというのですが、そうもいきません。牢名主のお勝も心配しておりまして」

千鶴は診察を済ませると、あとはお道に頼んで牢屋に向かった。

血を吐くとは、ただごとではない。そういえば先の診察の時、おぶんは千鶴が伸ばした手をつかんで放さず、千鶴は結局診察はしなかった。

予期せぬふるまいをおぶんにされて、千鶴は仮病だと決めつけてしまったのだ。

「おぶんはまもなくお構いなしになる筈なんですが、あんな身体では先が案じら

れます」

万之助はそんな話をして帰って行ったが、千鶴が女牢の前に立ったのは、その一刻（二時間）後だった。あらかた患者の診察を終えたところで牢屋敷に向かったのだ。

「お勝、おぶんをこれへ」

鍵役の蜂谷吉之進が牢の中を覗いて告げると、お勝がおぶんを鞘の外に押し出した。

「横になって」

千鶴は、いつものように吉之進や万之助が背を向けるのを待って、おぶんに胸を開けるように告げた。

おぶんは、ゆっくりと前を広げて横になった。

「血を吐いたと聞きましたが、はじめてですか」

千鶴は問いかけながらおぶんの脈を診た。

「はい」

おぶんは小さく頷いた。青い顔をしている。この間会った時に比べると精気がないように思われた。

舌を見て額に手を当てると微熱があった。次に腹を探る。胃の腑《ふ》の辺りを指で押すと、おぶんは痛そうに顔をしかめた。

一瞬白い腹が波打ったのが、千鶴の目には妙になまめかしく見えた。千鶴と変わらぬ年頃の娘肌である。全体になめらかで張りがあった。きめの細かい美しい肌をしていた。

千鶴は丹念に触診してから、おぶんに着物を合わせるように促した。

「先生……」

不安そうな顔でおぶんが見た。お勝が鞘のところまで出てきて、千鶴の表情を窺っている。

「悪いものではなさそうです」

千鶴がそう言うと、おぶんの顔にも、お勝の顔にも、安堵《あんど》の色が広がった。

「ただ、相当胃の腑が痛んでいます。食事が出来なかったんじゃないですか」

「食べてないんだもの、この人」

横からお勝が言った。

「今日からおかゆにして貰いましょうね。お薬も出しておきますからきちんと飲むように。これ以上ひどくなるようなら、ここでの暮らしは無理」

「先生、その時は溜まり送りってことかい」

聞いたのはお勝だった。おぶんは、ぎょっとした目で見ている。

「もしものときです。出牢できるのなら、養生所《ようじょうじょ》で療養することも出来ます」

すると、おぶんが千鶴の手を取り、激しく首を横に振った。

「後生ですから……溜まりも養生所も嫌です。もしもここを出られたら、私、やらなければいけないことがあるんです」

「おぶんさん」

「本当は私、こんなことしてはいられないのです」

「里見さまのこと……そうなんですね。里見さまはお父上を殺された敵を捜している身、だからあなたもその手助けをするのだと」

千鶴は背後の吉之進と万之助に気を配りながら、小さな押し殺した声で訊く。

「先生……」

驚いて見詰めるおぶんに、

「宮田源七というお方にお聞きしました」

「……」

「両国で殺された久蔵さんは、あなたのお兄さん」

「先生、その兄から常々言われていたんです。俺にもしものことがあったら、お前が清四郎さまのお世話をしてくれ。親父の代からお側に置いていただいたご恩を忘れてはならんと」

「…………」

「それに、兄の仇《かたき》だって討ちたい。病気で寝ている場合じゃないんです。この気持ちを貫けないのなら、生きていても仕方がありません」

おぶんは、突き上げてくる激しい感情を、抑さえ抑えて言った。

千鶴はおぶんに、清四郎の言葉を伝えることが出来なかったし、勤めていた船宿から暇を出されるのだという話もする事は出来なかった。

おぶんの胃の腑の病気は、激しい緊張が続いたことによるものではないかと千鶴は思っている。

血を吐くほどに荒れた胃に、更に精神を打ちのめすような言葉は、病を悪化させるばかりである。

千鶴は薬を調合すると、万之助にそれを渡して牢屋敷を出た。

ため息をついて空を見上げると、透き通るような青い色が広がっていた。

千鶴は牢屋敷を振り返った。そこにも秋の日は注いでいたが、甍《いらか》が陽の光を跳ね返し、牢舎がある辺りには甍の影が落ち、冷たい空気が淀んでいるように思われた。

その頃求馬は、里見清四郎の姿を追っていた。

米沢町の絵具屋を出たところで、険しい顔で歩いていく清四郎を見て、気になって尾けているのだ。

千鶴には手を引くようにと諌《いさ》めた求馬だが、そのくせ自身も清四郎とおぶん兄妹の話は頭から離れることはなかったのだ。

里見清四郎が敵を捜している身だと知ってからは、なおさら同じ武士として痛ましいものを見るようで、放ってはおけない気がしている。清四郎は自身に非があった訳ではなく、逆恨みされたあげくに父親を斬り殺されたのだ。

父親が斬殺されるという悽愴な現場に立ちつくす清四郎の姿が、先だって求馬にみせた傲慢な態度とはうらはらの、悲痛なものとして求馬の頭の中を去来する。

行き交う人を隠《かく》れ蓑《みの》にして尾けていた求馬は、清四郎が両国稲荷の麦湯の店に入ったのを見て佇《たたず》んだ。

とっさに何処《どこ》に身を隠そうかと思ったのだが、

「旦那、菊池の旦那」

猫八の声がするので辺りを見渡すと、

「へい、いらっしゃいませ。下り酒でございやすよ、その名もずばり、伏見酒《ふしみざけ》」

しゃがれ声を出して酒の屋台を出しているではないか。

しかもその出で立ちたるや、頭を手ぬぐいで米屋被りにして、屋台の親父そのものである。

「何をしているのだ」

「しっ、張ってるんでございやすよ」

手招きするので屋台の樽《たる》に腰をかけた。

「清四郎の旦那は、毎日あそこから稲荷を睨んでいるんです。清四郎の旦那が捜している男と、あっしたちが捜している久蔵殺しの犯人は同一人物、そう睨みやしてね」

「そうか、俺も里見さんを追ってきたのだ」

二人は、麦湯を呑みながら両国稲荷の方を見詰めている清四郎に視線を投げた。

「少しわかってきましてね」

と猫八は言った。

暮れ六ツになると両国橋西袂に米助《よねすけ》という爺さんがやっている蕎麦屋の屋台が出る。

その米助が、久蔵殺しの現場から立ち去る人の横顔を見て、どうも客の一人のようだと言い出したのだ。そこで猫八は酒の屋台を出し、米助が常連客の中にその男を見つけ当てる瞬間を待っていたのだが、とうとう昨夜、米助はその客にめぐり逢ったというのであった。

「その爺さんの話では、男は蕎麦を食ったあと、橋を渡って向こう岸に下りるらしいから、住まいは本所じゃねえかと言っていやして」

「すると、ねぐらは本所で、こっちに渡ってくるのは用足しか」

「おそらく……」

求馬は、おぶんが書いた結び文の文言を思い出していた。

両国稲荷前、浅葱色の小袖、茶の袴、そして総髪――。

「今日で三日、目を凝《こ》らして見張ってるんですがね」

猫八の期待を裏切るように、男は一度も猫八の前には現れてはいなかった。

「旦那」

猫八が声をひそめて求馬の袖を引いた。清四郎が立ち上がったのだ。

清四郎は両国橋の上に走って行く。

求馬も猫八の屋台から橋に走った。

清四郎の背を見失わないように行く求馬は、清四郎が先を行く男の前に回ったのを見た。

だが清四郎はすぐにがっかりしたような顔で戻って来た。

求馬は清四郎に背を向けてやり過ごし、また橋の西袂に戻った。

清四郎は四ッ（午後十時）近くまで麦湯の店で頑張っていたが、人通りもめっきり少なくなると、麦湯の店を出て帰って行った。

猫八も屋台を片づけ始めたその時、浦島亀之助が近づいて来た。

「どうだ」

亀之助は辺りを窺いながら猫八に聞く。

「空振りでした」

「そうか、まあ焦ることはない」

今日は引き上げようと猫八に言ったあとで、

「おぶんが出てくれば、もう少し奴の話が聞ける筈だ」

と言ったのだ。

「おぶんは出てくるのか」

求馬が訊いた。

「明日と決まったそうだ。呵責《かしゃく》だ」

「呵責」

呵責とは刑の中でも最も軽いもので、町名主、家主、差添人などが同道の上お叱りを受け、請書に署名して放免となる。

求馬はそれを聞いて二人と別れた。

急いで清四郎の後を追った。

追いついたのは、浜町堀の通りだった。

千鳥橋《ちどりばし》袂の石灯籠《いしどうろう》の灯がちらちら見える辺りで求馬は声をかけた。

「里見殿」

立ち止まった里見清四郎の背中に緊張が走った。くるりと求馬に向いた時には、清四郎は刀の柄に手を置いていた。

月は出ているが、里見と求馬の間には三間の距離がある。

清四郎は目を凝らしてこちらを見据えていた。

「俺だ、一度おぬしの長屋を桂千鶴という医者と訪ねた者だ。菊池求馬という者だ」

清四郎は緊張を解いた。だが、ぶっきらぼうに言った。

「何の用だ」

「おぶんさんが牢を出る。呵責と決まったそうだ。明日だ」

「ふむ」

清四郎は礼も言わずに背を向けた。

その背に求馬は言った。

「迎えに行かないのか……おぶんさんは病んでいるらしい。行ってやれ!」

五

南町のお奉行所から、おぶんが船宿富士屋の亭主松太郎《まつたろう》に付き添われて出てきたのは、昼前の四ツの鐘が鳴ってまもなくだった。

おぶんは牢暮らしで皺になった着物を着ていたが、髪はほつれ毛のないようにきちっとまとめていた。

松太郎は紋付袴で、鬢《びん》にはぎらぎらするほど油を使って結ってある。おぶんとは反対に血色の良い顔をしていた。

おぶんはすぐに千鶴に気づいて頭を下げたが、その目が泳いで別の人を捜しているように千鶴には見えた。だがすぐにおぶんは諦めたような顔をして、松太郎に従って神妙に歩いて来た。

その二人と一緒に奉行所から出てきたのは、亀之助だった。見送って出てきたのだった。

「もう馬鹿な真似はするな、いいな」

深々と頭を下げるおぶんに亀之助は告げた。亀之助にしてみればおぶんのことは気がかりだったに違いない。

千鶴は笑顔で求馬と近づいた。

「橋を渡ったところに美味《おい》しいお蕎麦屋さんがあります。皆さんと一緒にお祝をしましょう」

松太郎が言った。

おぶんは、青い顔を俯《うつむ》けていて、千鶴が慌てて言った。

「おぶんさんはお蕎麦はまだ無理でしょう。うちの治療院に来て下さい。お竹さんて人がおかゆを炊《た》いて待っていますよ」

「いえ、千鶴先生……旦那様が茅町《かやちょう》に裏店を用意して下さってますから、私はそこに」

おぶんは富士屋を返り見た。

富士屋ではおぶんを引き取ることは出来ないが、そのかわりに住み込みだったおぶんの住み家として裏店を見つけてくれたのだった。

「おぶんさん、悪く思わないでおくれ。お前さんは良く働いてくれましたからね、本当なら店に戻ってほしいんだが、この商売は信用が第一だ。せめて店賃半年分はうちで払っておきましたから、十分に養生して、それから働くといい」

松太郎はそう言うと、住み込みだったおぶんが富士屋に置いていた荷物は、今朝店の者が新しい住み家に届けていること。他にも台所用品から味噌茶碗まで揃えてあるから当分の暮らしには困らない筈だと言い、財布を出して、一両をおぶんの掌に載せた。

「旦那さま」

「いいんだよ、邪魔になるもんじゃない。持っていきなさい」

松太郎は精一杯の心をおぶんの掌に残して、千鶴と求馬に深々と頭を下げて帰って行った。

千鶴は、数寄屋橋《すきやばし》を渡ったところで町駕籠《まちかご》を拾った。何か言いかけたおぶんを有無を言わさず駕籠に押し込み、

「医者の言うことは聞くものです。あなたは今、何をおいても養生第一」

求馬とともに駕籠に付き添って茅町の長屋に向かった。

長屋は河岸通りから横町に入った道の、豆腐屋の角の奥にあった。

駕籠は木戸で返した。すると一軒の長屋の戸が開いて、

「おぶんさん」

手招く女がいた。

「おつねさん……」

おぶんの顔に喜色が走った。

おぶんは、おつねは富士屋で一番仲良くしていた同輩の仲居だと千鶴に言った。

「早く早く」

おつねに急かされて家の中に入ると、火鉢にかけた土鍋から湯気が立ち、茶碗も箸も揃えてあって、どんぶりには玉子が二個、入っていた。

「女将さんに一刻ほどお暇を貰ったの。お粥《かゆ》も出来てるし、この玉子はあたしのおごり」

努めて明るくおつねは言う。

「ありがとう、おつねさん」

「水臭いこと言わないで、私、おかみさんは随分なことをする人だとがっかりしてるの。だってそうでしょ。おぶんさんが他人様の懐を狙うなんて大それたことをする訳がないじゃない。うっかり南町の旦那の胸に当たってしまって、出世に見限られたとんまな旦那が、これみよがしにおぶんさんを捕まえたのよ」

「おつねさん」

おつねの言葉に、ぴりぴりしていたおぶんの気持ちがほぐれたようだった。

千鶴も求馬と見合って苦笑した。

「あたしはもうお店に戻らないと……いい、これからも時々来てあげるね。だから早く病気を治して、でないとそんな顔じゃあ大好きな人にも会えないでしょ」

おつねは言うだけ言って富士屋の店に戻って行った。

「いいお友達ね」

おつねの最後の言葉に戸惑いをみせていたおぶんは、千鶴の声に慌てて頷いた。

「心細いことがあったら遠慮なく私のところに来て下さい。くれぐれも言っておきます。里見様のこと、そして亡くなった兄さんのこと、今は全て忘れて養生すること、いいですね」

「先生」

おぶんは俯いて聞いている。

「千鶴どのも俺も、何もかも承知しているのだ」

求馬が言った。

「なにもかも……」

「そうだ、何もかもだ。敵の金子力弥は久蔵殺しの疑いで奉行所からも追われているのだ。遠からずお縄になるに違いない。その時には知らせよう。だからあんたは、それまで養生するのだ……」

言いながら求馬は腰高障子に手をかけた。そして次の瞬間戸を開けて外に走り出た。左手は柄頭にかけている。

「求馬様」

千鶴も走り出てきた。

人っ子一人いない路地を、求馬はしばらく睨んでいたが、

「どうしました？」

千鶴の問いかけに首を振って否定した。

――恐ろしい男だ。

浪人は神田川の河岸まで走って来ると後ろを振り返った。

頬の瘦《こ》けた目の鋭い浪人だった。肌は日に焼けたように赤黒く、唇は紫色をして薄かった。

その血の気のない唇が喘《あえ》いでいた。浪人は大きく息をつきながら入念に後方を見渡すが、往来する人の中に先ほどおぶんの家から路地に走り出てきた武士はいなかった。

その武士と一緒におぶんを長屋に送ってきた若い女の姿もなかった。

浪人はほっとした顔つきで浅草御門を抜けると、馬喰町の大通りに出た。

おぶんが牢屋に入れられてから半月、浪人はおぶんの出てくる日を待ってい

た。

おぶんは必ず里見清四郎のところに、自分と会ったという知らせを持っていく筈だ。それを尾けてこちらから里見の家に踏み込めば、機先を制する事が出来る。

逃げ回るのはもう疲れた、決着を着けて堂々と日の当たる道を歩きたいというのが本音だった。

この浪人、説明するまでもなく、里見清四郎が敵として追ってきた金子力弥だったのだ。

国を出奔《しゅっぽん》してからこの三年、この江戸で密かに暮らしてきたのである。用心をして口入れ屋の仕事にも就かなかった。足は自然に裏稼業で暮らす者たちのいる場所に向いた。

いまの力弥は、北六間堀《きたろっけんぼり》の空き地に建った平屋を稼ぎ場にしている。いや、平屋といったら聞こえがいいが、田舎から出てきた潰れ百姓や無宿人の仮の宿で、この宿で暮らす者は、毎日ここから、深川一帯の材木置き場に仕事に出ている。

つまり平屋は人足の宿だった。ここでは過去は問わなかった。健康で力仕事が出来れば誰でも雇ってくれた。

仕事を世話してくれるのは、この土地家の持ち主でもあり、深川の材木商の縁続きの者で、人足寄場《にんそくよせば》帰りの喜多蔵《きたぞう》という男だった。

この喜多蔵、口入れの仕事だけでは飽きたらず、五日に一度、平屋は博奕場《ばくち》として使っていたが、力弥はそこの用心棒だったのだ。

おぶんに両国稲荷の前で会うまでは、力弥はそこに向かうには両国橋を渡っていた。だがおぶんが捕まってからは、その道筋を避け、もっぱら新大橋を渡って北六間堀に入っている。

おぶんの兄の久蔵に偶然会って殺したのも両国なら、おぶんに会ったのも両国だったことから、

――両国は俺にとっちゃあ鬼門だ。

里見清四郎に出会うのはいいが、役人に久蔵殺しで捕まるのはご免だと道を変えたのだった。

――まだ日は高い。ひと眠りしてからだ。

力弥は、馬喰町の初音《はつね》の馬場《ばば》に出て、馬場をつっきって北に向かうと、橋本町四丁目の煙草《たばこ》屋の角にある木戸から中に消えた。

この奥に古い裏店が六軒あった。その一番奥が力弥の住まいだったのだ。

再び力弥が煙草屋の角に姿を見せたのは六ツ前だった。

長屋の路地は陽の翳《かげ》りの中にあり、大通りも弱い日差しが残っているものの、通りにある物の影が長く伸びて、行き交う人たちも急かされるように歩いていく、そんな頃合だった。

力弥は昼間の時とはうってかわって、懐に手を入れて前を眺めながら歩いていく。

ただ、大通りは避けて横町の道や路地裏を選んで歩くのは今日に限ったことではない。

両側を塀に囲まれた武家地を過ぎると、やがて大川が見えてきた。

新大橋を渡る頃には薄闇が川に下りて、橋の下を通る船は皆舳先《へさき》に灯りを点していた。

身体を寄せ合った町人の若い男女が力弥とすれ違うと、力弥は舌打ちした。

——俺が、足軽という身分でなかったら。

妻が駆け込みをすることもなかったに違いない。

酒に溺れた日常を送り、妻に暴力を振ったことは棚に上げて、内職に追われる貧乏長屋に暮らさなければならなかったその事が、妻の駆けこみのもとだったに違いないと今でも力弥は思っている。

当時、力弥は郷方廻《ごうかたまわ》りの手代だった。上役の供をして村々を周り、農作物の出来具合を見てまわるのが仕事だった。

それで妻とも巡り会ったのだが、豊作で年貢を不足なく藩の蔵におさめれば上役は出世して行くが、自分はいつまでも同じ身分から脱けられず、新しい上役について勤めなければならないのだ。

どう考えても理不尽だと思った。考えれば考えるほど納得がいかなかった。

妻には絹の着物一枚買ってやれない。それどころか、食っていくのがやっとの暮らし。妻は実家にいれば裕福に暮らせたのに、きっと不満があるに違いない。

力弥の鬱屈《うっくつ》は、酒に向かった。やがて昼間から酒の匂いがしていると上役から小言を言われ、そしてついに妻からも呆れられて離縁を口にされるようになったのである。

友人の里見の父親を殺したのも、侮蔑《ぶべつ》する言葉を浴びせられたからだった。

——人として生まれて、このままで終わっていい筈がない。

心の中に飼っている恨みを確かめながら、力弥はとっぷりと暮れた北六間堀の草地に入った。

前方に灯りが見える。灯りはこぼれ灯だった。ここに平屋があるというしるしの灯りである。

「ごくろうさんです」

平屋に近づくと、ふんどしに袢纏《はんてん》を着た男が頭を下げた。

かわるがわる見張りに立たされている人足の一人だった。

「うむ」

力弥は一瞥《いちべつ》をくれると平屋の中に入って行った。

だが、何を思い出したのか険しい顔で走り出てきた。

「旦那……」

人足が驚いて声をかけるが、力弥は先ほど入って来た通りに走った。

「待て」

力弥は屋台を担いで足早に去っていく爺さんに声をかけた。

「ひえっ」

爺さんは振り向いて声を上げた。同時に足下がふらついて屋台もろとも音を立てて倒れた。

「爺さん、大川から俺を尾けて来たな」

「いえ、けっして」

爺さんは震えている。

「いや、尾けてきた。新大橋の袂に屋台を出していたじゃないか」

それが何故こんな見当外れのところに居るのだと睨《ね》めつけた。

「誰か……」

屋台を放り出して這うようにして逃げる爺さんに、力弥は大股に近づくと辺りを見回した。

人の気配はなかった。力弥は抜刀すると、這っていく爺さんの背中を突き刺した。

六

「おぶんさん、おぶんさん」

千鶴とお道は交互に声を張り上げたが、家の中からは物音ひとつしなかった。

「おかしいわね、出かけているのかしら。先生、待ってみます?」

お道が言った。

「そうね、少し待ってみましょう」

二人は中に入るに入れず、戸口に立って長屋の路地に目をやった。

日は西の空にあるが、暮れるまでにはまだ一刻はある。

路地では長屋の男の子と女の子が、額を寄せ集めて歓声を上げている。カエルか何かを捕まえて来て、それを囲んで遊んでいるのかと思ったが、クイーン、きゃんきゃんと鳴いたのを聞いて、

「あら、子犬」

お道は言い、子供たちの方に歩いて行った。

二人は往診の帰りにここに立ち寄ったのだった。

昼前に猫八が治療院に立ち寄って、深川の北六間堀で殺しがあったが、殺された爺さんが両国橋の袂で蕎麦の屋台を出していた米助だったと報せてくれたからだ。

米助は久蔵を殺した力弥の顔を知っている。ただその場に居合わせただけではなく、力弥が客としてたびたび屋台に立ち寄っていたという関係だ。

その米助が、斬り殺されて六間堀の中で浮かんでいたのである。

深川一帯を縄張りにする岡っ引の話では、米助は新大橋の袂に屋台を出していたというから、米助はその日によって両国か新大橋かに店を出していたことになる。

ただ、大川から離れた六間堀で殺されていたことで、猫八は力弥との繋がりを考えていた。

米助は人の良い爺さんで人に恨まれる人間ではない。この世で爺さんを疎《うと》ましく思う人物は一人、力弥だった。

「あっしは力弥に殺されたのだと思っていやす」

猫八はそう言ったのだ。

千鶴も同じ考えだった。

殺人者としての自分の顔を知っている米助は、力弥にとっては生きていて欲しくない人物だ。

そう考えると、

——おぶんさんだって危ない。

両国稲荷、浅葱色の小袖、茶の袴、総髪などと記した紙を千鶴に託したおぶんは力弥に会っていると思われる。

そこで千鶴は、やはりしばらく桂治療院で起居するようおぶんを迎えに来たのだが、留守だとわかって新たな不安に襲われていた。

「あら、おぶんさんは留守ですか」

木戸から走って来たのはおつねだった。おつねは富士屋の屋号の入った前垂れをかけていた。

「気になって店を抜けてきたんです。帰っているかなって……」

おつねの顔には不安が張りついている。

「いつから留守なの」

千鶴が訊くと、

「昨日からです」

と言うではないか。

おつねは戸を開けて中に入った。

「やっぱり昨日から帰ってないわね」

部屋の中を見渡して言った。きちんと片づいているが、竈《かまど》を使った形跡もないし、火鉢の火も完全に消えている。台所の棚には洗った鍋と食器が伏せてあって、部屋の奥の布団もきちんと畳んである。

「上がらせてもらいます」

おつねは誰に言うともなく断って上がり込み、畳んだ布団の横にある乱れ箱を覗いて、

「戻らないつもりかしら」

続いて上がって来た千鶴に言った。

「お薬は持って行ったようですね」

千鶴は言い、土間に下りた。

「先生」

お道が入って来たが、お道は長屋の女房を一人連れていた。

「おかみさんがおぶんさんが出て行くのを見たって」

お道が女房を振り返ると、

「あたしがね、外から帰ってきた時に、そこの井戸端で恐ろしい顔つきのご浪人を見たんですよ」

女房は、ぶるっと身体を震わせてから言った。

浪人は女房に気づいて急いで長屋を出て行ったが、その時の様子が、どうもおぶんの家の戸口を睨んでいたようだったので、おぶんに忠告してやったのだ。

月代も剃《そ》ってない、身なりも薄汚いから浪人だと思うが、心当たりはあるのかと。そしたらおぶんはびっくりして、首を振って否定したが、それからまもなくだった。

おぶんは風呂敷包みを抱えて出て行ったが、以後家には帰ってきていないのだと言う。

「悪いこと言っちまったかなって、あたしゃ気を病んでたんですよ」

女房はそう告げると、おぶんの家を出て行った。

「心当たりはありますか」

千鶴はおろおろしているおつねに尋ねた。

「行く当てなんてないと思います」

おつねは泣き出しそうだった。

「おぶんさんの頭の中には、父の代からお世話になった里見様のお役に立つこと、それしかなかったんですもの」

その里見のところに行っていればいいが、自分が見張られていると察したおぶんが、里見のところに行くはずはない。

そんな不用心な女なら、あの結び文を千鶴に託す筈はないのだ。牢内にいる下男に金を渡せば、文を届けることなど二つ返事で請け負ってくれる。それをしなかったのは、おぶんは相当用心深い女と言える。

――おぶんさんを一刻も早く探し出さなければ。

千鶴は、おつねにも協力を頼んで長屋を出た。

おぶんはその頃、激しい腹痛に襲われて、千鶴から貰った薬を手水場《ちょうずば》の水を汲んで口に運んだ。

夕べから何も口にしていなかった。それが余計に悪かったのか、腹の皮がくっつくような差しこみに何度も襲われた。

薬を飲むと、額の汗をぬぐい、腹を屈めるようにして、本殿手前横手に建つ神饌所に向かった。

神饌所とは神に供える物を置くところだが、中は六畳ほどで板の間となっていて、供え物に使用するいくつもの三方《さんぽう》や、机や、氏子が直会《なおらい》に使う食器などが壁際に積まれていた。

莫蓙も幾つも巻いて置かれていて、おぶんは昨日からそれを引っ張り出して横になっている。

この神社はおぶんの長屋がある町の目と鼻の先にある第六天と呼ばれる神社だが、おぶんは何度か富士屋の女将の使いでやって来たことがあった。

それで忍び込んだのだが、宮司《ぐうじ》に訳を話すひまもなく、黙って神饌所を使わせて貰っている。

長屋の女房が危険を知らせてくれたからこそだが、腹の具合が落ち着いたら、逆にこちらから力弥の居所を調べ、里見清四郎に知らせようと思っている。

食事もまともに出来ないような今の身体では、兄の久蔵と同じく命をとられるに違いない。

二十日ほど前に両国橋で力弥に会った時の恐怖は、今でも身体が震えるほどだ。

あの時おぶんが、咄嗟に同心の懐を狙わなかったら、両国稲荷から追っかけてきた力弥につかまり殺されていた筈だ。

ただ、おぶんは清四郎に結び文で知らせた他に、あの力弥の姿を見た場所を思い出したのだ。

それは富士屋を利用してくれた竹細工の頭領の家に、粗品の箱入り扇子《せんす》を届けての帰りだった。場所は深川、北六間堀の橋の上から、おぶんは力弥の後ろ姿を見ている。

その時は、前を行く侍が力弥などとは露知らなかったが、両国の稲荷で会った時の、あの出で立ちを何度も思い出しているうちに、おやと気がついたのだった。

――腹の痛みがおさまれば。

神饌所にようやくたどり着いたおぶんの足下に、ふわりと何かが飛んできた。色づいた桜の葉っぱだった。

おぶんは、ふっと頬に笑みを浮かべると、しゃがんでその葉を手に取った。そして辺りを見回した。本殿の背後に一本の桜の木が見えた。

四方に伸ばしたその枝の葉は、辺りに茂る緑の木々に秋の訪れを告げるように染まり始めている。

おぶんは、拾い上げたその一枚の葉を胸に抱くようにして中に入った。

莫蓙の上に横になり、葉の軸を指で摘んで表を見、裏を見て眺めていたが、差し込む細い陽の光に透かした時、おぶんはしみじみと昔の記憶をたどる顔になっていた。

おぶんの脳裏には、幼い日の、ある日の情景が浮かんでいた。

それはおぶんがまだ十歳だった頃の話だ。

母はおぶんを産んですぐに亡くなっていたが、父は健在で里見家の中間として奉公していた。

兄の久蔵は十七になり、父について中間の仕事を見習っていて、屋敷内の中間部屋には、おぶん一人が留守番をしていた。

手習いに外に出る時以外は、ほとんど里見家の屋敷の片隅で暮らしていた。

清四郎は十五歳になったばかりで、まだ元服前だったが、おぶんの姿を屋敷内で見つけると、妹のように親しく声をかけてくれた。

おぶんはそれに応えて兄のように慕っていたが、父親も兄の久蔵も、主従のけじめをことのほか気にするあまり、おぶんがなれなれしく清四郎と話をしているのを見つけると厳しく叱った。

少しずつおぶんも、自分と清四郎とをへだてる身分の壁というものがわかりかけてきた頃だった。

家の中で一人でいるのは退屈すぎる。おぶんは赤い鼻緒の草履《ぞうり》を履いて外に出た。

毎日通う手習いの道すがら、土手の道を通って行くが、そこに桜の並木がある。

それがいま色づいて、黄色がかった葉や赤みの差した葉が、土手の道に落ちていたのを思い出したのだ。

おぶんは、土手の始まりの小道に立つと前方を顔を上げて眺めた。

そよ吹く風に、色づいた桜の葉が時折落ちる。

まだほとんどの葉は枝にあって、漆《うるし》の葉のような真っ赤でもなく、銀杏《いちょう》のような真っ黄色でもなく、辺りに見えるまだ青い葉のままの木々に遠慮がちに、戸惑いを見せて染まっているように見えた。

小道を歩きながら足下に注意して、美しく染まっている葉を拾った。

一枚、二枚……拾って行くうちに左手に握りきれなくなって、おぶんは着物の裾を摘んで引っ張り上げて腹の前に袋をつくり、それに拾った葉っぱを入れていった。

何に使うか決めてはいなかったが、美しく紅葉した桜の葉を、このまま道ばたにうち捨てておくのは勿体《もったい》ない、そんな気がしたのであった。

桜並木の中程まで進んだ時、もうこれ以上拾っても持ちきれないとわかった。

着物の裾を上げてつくった袋も一杯になっている。

もう帰ろうかと踵《きびす》を返して、おぶんは、あっと息を詰めた。

お屋敷の清四郎様がにこにこ笑って近づいてきたからだ。

立ち止まって俯いて困った顔をしていると、

「おぶん、そんなに欲張ってどうするのだ」

清四郎はおぶんの顔を覗いてからかった。

おぶんは返事もせずに、俯いたまま清四郎の横をすり抜けると歩き出した。

「おぶん」

清四郎が後ろから呼んだ。

おぶんは足を速めた。

「待て、おぶん！」

清四郎が走って来る。

おぶんは駆けだした。だが裾をからげて作った腹の前の袋には落ち葉がいっぱいで、思うように走れない。

「あっ」

おぶんは石ころに足をとられて転倒した。

「馬鹿だなあ、ほら、立って」

清四郎はおぶんを立たせると、すりむいた膝に血が滲《にじ》んでいるのに気づいて手巾《しゅきん》で拭き取り、着物の埃を払い、泣きじゃくるおぶんに、

「泣くな、一緒に拾ってやるから……泣くな」

清四郎は言い聞かして、辺りに散らばった桜の紅葉を拾い集めてくれたのだった。

父親も兄も、屋敷の者も、誰一人知らない二人だけの思い出だった。

その後もおぶんは、桜紅葉が散る頃になると、その小道に出かけて行って佇むことがあった。

そこにいれば清四郎が現れて、また一緒に桜紅葉の落ち葉を拾ってくれそうな気がしたのであった。

胸がきゅんとなるようなその思い出は、大人になるにつれ、夢の中の話のような、そんな気がして心の奥に押し込んでいたものである。

おぶんは起きあがった。薬が効いたのか腹の痛みは落ち着いたようである。

立ち上がると着物の乱れを直し、髪のほつれを撫でつけて、戸を静かに開けて外に人のいないのを確かめると、忍び足で出た。

七

「おぶんが行方知れず……いつからですか」

清四郎は、上がり框まで出てきて千鶴に訊いた。出かけるつもりだったのか、大小を腰に差している。

「もう二日になるそうです。ひょっとしてこちらに立ち寄ったのではないかと思ったのですが」

「いや」

清四郎は否定したが、

「しかし何処に行ったんだ」

声には苛立ちが混じっている。

「おぶんさんには身の危険がありました。それに胃の腑の病気で静養第一の身体でした」

そこへ、勤めていた船宿からは暇を出されて、心細かったに違いない。

「今頃どこでどうしているのかと……まさかこちらに来ることもないだろうと思いましたが、もしやと思ってお訪ねしたのです」

千鶴は予測していたこととはいえ、がっくりと肩を落とした。

あの身体では、養生に専一にしないと命だって危なくなる。医者として早く見つけ出して引き取ってでも病気を治してやりたいと思っているのに、この目の前の男の落ち着きはなんだと、千鶴は憮然《ぶぜん》として清四郎を見た。

「病気だと言ったな。どこが悪いのだ……身の危険とはどういう事だ」

清四郎の問いかけに千鶴がひとつひとつ応えると、清四郎は黙ってそこに座った。

「おぶんさんがお奉行所の役人と分かっていて懐を狙ったのは、身の危険を感じた咄嗟の智恵だったのではないかと考えています。そうまでしてあなたの力になろうとしているのです。むろん、これまでの私たちの調べで、久蔵さんを殺した相手は、里見様、あなたさまが追っている敵だと思っています」

「………」

清四郎は驚いて聞いている。千鶴は宮田源七から、なにもかも話を聞いているのだと告げた。

「あなたは知っていた筈です。久蔵さんを殺した相手が何者なのか」

「………………」

「あなたの敵は、おぶんさんにとっても兄の敵でもあるんです。歴《れっき》とした武士は敵をとることが出来ても、中間は駄目だと、そういうことですか。聞くところによれば、久蔵さんのあなたへの忠義は、なみなみならぬものがあった筈」

「………………」

「その妹に対してのあなたの態度には、呆れました」

清四郎は反論しなかった。口を結んで聞いている。

「せめて思いやりのかけらひとつ、おぶんさんに見せてやって下さい。これは医者として言うのですが、おぶんさんの病気が治るも悪くなるのも、あなた次第だと思います」

「………………」

「せめて、牢を出る日には、迎えてあげてほしかったと、残念に思います。知らなかったといえない筈です。菊池求馬さまがお知らせした筈です。でもあなたの姿はありませんでした。わたくしは、がっかりいたしました」

「………………」

「こんな事を申し上げては失礼かと存じましたが、おぶんさんは私の患者です。知らぬ顔はできませんので」

　千鶴は胸の底にたまっていた思いを吐き出すと踵を返した。ここに来たのは、おぶんの消息を知りたいという気持ちもあったが、同じ女として、また医者として清四郎に正面切って言ってやりたいと思ったからだ。

「待ってくれ」

　出て行こうとする千鶴を清四郎が呼び止めた。

「俺の気持ちも聞いてくれ」

　千鶴は振り返った。これまでに見せたことのない清四郎の苦しげな顔が千鶴を見ていた。

「三年もの間、私は久蔵の稼ぎで食ってきた。食うことに気をとられていては敵を捜すことはおろそかになる。久蔵に強くそう言われて世話になって来た。だが、心の中では苦しかった。まして久蔵が殺されて、こんどはおぶんまで巻き添えにしては私は自分を許せない。おぶんには私のことに構わずに、別の道を生き、幸せになってほしかったのだ」

　千鶴は、ほっとして聞いていた。千鶴にまっすぐ向けられた清四郎の眼に偽りは感じられなかった。

千鶴は黙って頷くと、改めて戸口に足を向けた。

「先生……」

驚いた顔が入って来た。

おぶんの仕事仲間だったおつねだった。

「おぶんさんから言伝をこちらに届けるようにと、こちらが里見様ですね」

千鶴から清四郎に視線を移して訊いた。

清四郎が頷くと、

「金子力弥を見たもうひとつの場所をお伝えします。深川北六間堀、今からそこへ行って見定めてきます。そのように伝えてほしいと」

「深川六間堀……」

清四郎は表に走り出た。

千鶴もすぐに後を追った。

おぶんは、六間堀に架かる北の橋袂にある飯屋の二階から、下の通りを見詰めていた。

店には過分な心づかいをはずみ、粥も炊いて貰って腹の中に無理矢理入れた。痛みが来るかと思ったが、薬が効いているのかおさまっている。

ここで張っていれば、あの侍が力弥だったのかどうか確かめられる。

茅町の裏店に力弥と思われる浪人が現れたと知った時には、恐怖のあまり逃げることしか考えなかったおぶんだったが、今は違った。

おぶんは、兄のためにも金子力弥を見つけ出して、清四郎に敵を討ってほしいと願っている。

力弥を追って清四郎と兄の久蔵が江戸に入ったと知ったおぶんは、一年後に国から出てきて富士屋に奉公したのである。

理由はただひとつ、清四郎を近くで見守っていたかったのだ。

ただ、兄が生きていた頃には、時々富沢町の裏店を訪ね、食事の支度をしたこともあるのだが、兄が亡くなってからというもの、訪ねにくくなった。

清四郎がいい顔をしないからだ。自分の来訪を疎ましく思っているのだと思うと、足を向けられなくなったのだ。

それでもおぶんは、清四郎が敵を討って国に帰り、以前の暮らしを取り戻してほしいと願う気持ちに変わりはなかった。

だからこそ女将さんの使いで町に出た時には、力弥の姿を捜してきた。力弥は里見の家に遊びに来たことがあり、おぶんは力弥の顔を知っていた。

むろん向こうも覚えがあって、それで両国では危ない目に遭ったのだ。

「来た」

六ツの鐘が刻を告げてまもなくだった。

黄昏《たそがれ》の川端の道に、力弥の姿が現れたのだ。

おぶんは慌てて階下に下りた。

橋を渡っていく力弥を、おぶんは尾けていく。

月は半月、行く道を白く照らしてくれてはいるが、尾けているおぶんは五間も間合いを置いているから、たとえ振り返っても気づかれる筈がない。

力弥は、やがて川端の道から路地に入った。おぶんも続いて路地に入ろうとしたのだが、路地には力弥以外に人の影はない。

おぶんは用心して力弥が路地の角を曲がるのを見届けてから、踏み出した。

緊張で胸は締めつけられそうである。脈は速く、腹も急に痛み出した。

どこの家に入るのか見届けたら引き返そう。深追いは危険だと角をおそるおそる曲がったが、辺りは空き地で力弥を見失ってしまった。

おぶんは立ち止まって目を凝らした。

目の前には背の高い草が茂っている。夜目にも茅と思えるその草は、長い葉を反らし弱い月の光を照り返して、濡れたように黒々と光って見えた。

おぶんは、草むらのずっと奥に赤茶けた灯りをとらえていた。よく見ると草を踏みしめて出来た道が、その灯りに向かって続いている。

訝しく思ったが、おぶんは草むらの中に足を入れた。

まもなくおぶんは、その灯りは、空き地に建つ平屋から漏れてきているのだと知った。

「だれでい」

ふいに声がした。

ぎょっとして立ち止まると、人足姿の男が立っていた。

恐怖で身体が震えたが、

「知り合いの方を追ってきて見失いました。恩ある方です。金子力弥さまとおっしゃる」

「なあんだ、それならそうと、待ってな、旦那は今来たばかりだが、呼んで来てやるから」

「ありがとうございます」

「ところで、おめえの名は？」

「あたし……お店では桔梗《ききょう》と呼ばれていた者です」

咄嗟にでたらめで応じたが、内心は張り裂けそうな緊張が身体の中を走っていた。

「へっへっ、わかったよ、待ってな」

男はいやらしい笑いを残して家の中に入って行った。

おぶんは慌てて引き返した。

「桔梗だと……知らんな」

後ろで男に問い返す力弥の声が聞こえてきた。

おぶんは慌てて草むらの中に飛び込んだ。

「あれ、おかしいな」

男がきょろきょろして、おぶんの姿を捜している。

「狐にでも騙されたんだろ、しっかり見張れ」

力弥は一喝して家の中に戻ろうとしたが、ふっと気配に気づいたらしく振り返った。

険しい顔をしている。

「だ、旦那」

男が驚いて声をかけるが、力弥は草の道を用心深く引き返して来た。

おぶんは息を殺して見守っている。

「わかったぞ。おぶん、出てこい」

力弥は、おぶんが身を隠している草むらの二間ほどのところに立ち止まると、茅のゆれる辺りを見回した。

黒く光を跳ね返す茅の葉が揺れている。

力弥は抜刀した。右手に大刀をぶらさげて言った。

「隠れているのはわかっているのだ。出てこられないのなら、こっちが出てこられるようにしてやるまで」

力弥は、刀を水平に一閃させ、草を薙《な》ぎ払った。

辺りの茅が茎の長さ半分を残して一瞬にして散り飛んだ。

力弥は、右手を薙ぎ、左手を薙ぎ、後ろを薙いで前を薙いだ。そのたびに茅の葉上半分が飛び散っていく。

次に薙げばおぶんの身に刃先が達するのは明らかだった。

おぶんは恐怖のあまり立ち上がった。

「いたな」

力弥の冷たい目が光った。

「馬鹿な女だ、兄によく似ている」

「やっぱり、やっぱり兄さんを殺したのは」

「俺だ……お前も兄のあとを追うがよいぞ」

力弥は、ゆっくりとおぶんに近づいて来る。右手にある大刀の刃が不気味に光る。

おぶんは、弾けたように起きあがって草むらの中を走り出した。だが走っているようでもその足は、草に絡まれているように前には進まない。

「あっ」

力弥がおぶんの背後から斬り下ろしたその時、おぶんは何かに当たって前方に飛ぶように落ちた。草原に転がっていた材木に膝があたって転げ落ちたのだった。

起きあがろうとしたが足に力が入らない。膝を押さえると、ぬるりとしたものが掌についた。

おぶんは右足を斬られていた。

尻餅をついて見上げると、力弥が恐ろしい顔で見下ろしている。

おぶんは目を瞑《つぶ》った。観念したのである。

だがその時、

「待て、力弥、俺が相手だ」

里見清四郎が走って来た。

「清四郎さま」

おぶんは思わず呟いた。

清四郎の後ろから、千鶴と求馬も走って来た。

千鶴はおぶんに駆け寄った。傷を見て、

「動かないように。今止血します」

袖を引きちぎって裂き、おぶんの足を縛る。

清四郎は、力弥を見据えながら求馬に言った。

「菊池どの、検分を頼めるだろうか」

「承知した」

求馬は言い、おぶんと千鶴の前に出た。そして対峙《たいじ》する二人に鋭い目を注ぐ。

清四郎は羽織を脱ぎ捨てた。

「金子力弥、親父の敵」

静かに刀を抜いた。

「清四郎、返り討ちにしてやる。まだ斬られる訳にはいかぬ。妻は俺のものだ。俺は、俺は妻ともう一度やりなおす」

力弥は言った。

追われている男の悲痛な声だった。

「馬鹿なことを申すものだな。知らぬのか力弥、おぬしの妻は自害して果てたそうだ」

清四郎の言葉に力弥が驚愕《きょうがく》した。

「宮田源七が知らせてくれたのだ。お前の狂気を知り、すべて私の我がままが引き起したことと言ってな」

「嘘だ」

力弥の狼狽《ろうばい》が見えた。

「行くぞ」

清四郎は正眼に構えて立った。身体に緊張が漲《みなぎ》っている。寸分の隙もなかった。

一方の力弥は、八双《はっそう》に構えて間合いを詰めていく。力弥の身体からは、鬼気迫るような残忍なものが発散されていた。

求馬は鯉口《こいぐち》を切った。万が一の時には清四郎に助太刀するつもりだ。

二人はしばらく見合っていたが、力弥がやがて、清四郎に飛びかかった。剣は清四郎の胴を狙ったが、清四郎はこれを躱《かわ》した。そして次の瞬間、清四郎の剣が力弥の肩を撃った。

力弥は飛び退いたが、袖半分が千切れている。

それをちらと見た力弥は、ふいに後ろに下がった。かすかな笑みを痩せた頬に浮かべている。

――とどめを撃つか。

求馬が思ったその刹那《せつな》、力弥は獣のような声を上げて清四郎に斬りかかった。

清四郎は落ち着いていた。撃ち込んできた力弥の剣をはね除けて、その手首を撃った。

草むらの中に力弥の手首が飛んでいった。

がっくりと肩を落として膝をついた力弥に、清四郎が近づいた。

「命はとらぬ。消え失せろ。お前のような男一人斬ったところで俺の気持ちは晴れぬ」

清四郎は言った。清四郎は先ほど力弥に、妻の自害を伝えた瞬間、この敵討ちそのものがひどく空しいものに思えてきて、力が脱けるのを感じていた。

「ふっ」

力弥は冷たく笑うと、いきなり脇差を左手で抜いた。

「清四郎さま、危ない」

千鶴が思わず叫んだが、力弥の剣は、自身の腹に突き立てられていた。

「力弥！」

清四郎が走り寄る。求馬も走り寄った。

「清四郎、介錯《かいしゃく》を頼む」

力弥が苦悶の呻きをあげながら言った。

「馬鹿なことを」

「頼む、俺に情けをかけたつもりなら、聞いてくれ。お前に借りをつくって生きのびるのはまっぴらだ。お、俺の行くところは、俺に愛想をつかした俺の妻のところしかないのだ……たのむ」

苦しげな声を発する。

「里見さん」

横から求馬が促した。

清四郎は、苦渋の顔で頷いた。


仇討《あだう》ちを果たした清四郎が、藩庁から『帰参せよ』の通知を貰ったと千鶴の治療院を訪れたのは、十日ほど後のことだった。

治療院にはおぶんが治療のために留め置かれていて、玄関横の小部屋に伏せっていた。

力弥に斬られた足の傷は意外に深く、骨は助かったが神経が切られていて、千鶴の医術をもってしても、おぶんはこの先足を引きずって歩かなければならなくなったのだ。しかも胃の治療もしばらく続く。

おぶんの落胆は並々ならないものだった。

身を寄せるところもなければ働き口もないに違いない。一身に振りかかった不幸はあまりにも大き過ぎて、何からどう始めたらいいのか途方にくれて終日暗い顔をしている。

千鶴やお道も、おぶんの姿には心を痛めていた。

清四郎は手術の時や、その後も何度か見舞いに立ち寄ってくれているのだが、おぶんはその清四郎にさえ心を閉ざしたように、清四郎の到来を拒むかのような素振りをみせている。

——清四郎様にご迷惑はかけたくない。

おぶんの気持ちはそこにあるのだろうが、千鶴もお道もその気持ちがわかっているだけに見ていて辛い。

近頃では、清四郎が見舞いに来ても会いたくないなどと言い出す始末。

今日も千鶴が清四郎を案内して部屋に入ると、おぶんは身を固くして迎えた。

果たして、

「おぶん、喜んでくれ。帰参がかなうのだ」

清四郎がおぶんに告げたが、

「よろしゅうございました。おめでとうございます」

おぶんは祝いは述べたが、その表情は固く、寂しそうだった。

「久蔵とおまえのお陰だ。帰参する時にはお前も一緒だ」

清四郎は声をはずませるが、

「足手まといになるだけです。この足は元には戻りません。お屋敷に帰っても台所の仕事も満足に出来ません」

おぶんは言った。感情のない声だった。

「おぶん、私はお前に台所仕事をさせるために一緒に帰ろうと言っているのではないぞ。私の妻として連れて帰るのだ」

清四郎は言った。

「えっ」

おぶんの顔が一瞬硬直した。戸惑いの目を千鶴に投げてくる。

千鶴も驚いたが、自分のことのように嬉しい。笑みがこみ上げてきた。

「承知してくれるな、おぶん。この千鶴先生が証人だ」

だがおぶんは、激しく首を振った。

「駄目です。いけません」

「駄目なものか、私はな、おぶん。遠い昔、あの桜紅葉の続く道でお前と落ち葉を拾った時、おぶんを妻にするんだと、俺はきっとそうなるに違いないと、そう思ったものだ」

「清四郎さま……」

顔をまわして清四郎の目を見たおぶんの瞳が、黒々として揺らいでいる。その目をとらえて清四郎が言った。

「俺は、あのあとも、人知れずお前の姿をもとめてあの小道に立っていたのだ」

「………」

「帰ろう、あの場所に……お前と一緒に……」

おぶんの目から大粒の涙がこぼれ落ちてきた。

千鶴は、そっと立ち上がって部屋の外に出た。

千鶴の脳裏には、桜紅葉が続く小道を、いたわり合って行く二人の姿が浮かんでいた。

この作品は双葉文庫のために書き下ろされました。

双葉文庫

ふ-14-07

藍染袴《あいぞめばかま》お匙帖《さじちょう》
桜紅葉《さくらもみじ》

2010年8月14日　第1刷発行
2023年9月 1日　第8刷発行

【著者】
藤原緋沙子《ふじわらひさこ》

【発行者】
箕浦克史
【発行所】
株式会社双葉社
〒162-8540 東京都新宿区東五軒町3番28号
［電話］03-5261-4818(営業部)　03-5261-4833(編集部)
www.futabasha.co.jp(双葉社の書籍・コミックが買えます)
【印刷所】
株式会社亨有堂印刷所
【製本所】
株式会社若林製本工場
【カバー印刷】
株式会社久栄社

【フォーマット・デザイン】
日下潤一

ISBN978-4-575-66458-4 C0193
Printed in Japan

藤原緋沙子　著作リスト

	作品名	シリーズ名	発行年月	出版社	備考
1	雁の宿	隅田川御用帳	平成十四年十一月	廣済堂出版	
2	花の闇	隅田川御用帳	平成十五年　二月	廣済堂出版	
3	螢籠	隅田川御用帳	平成十五年　四月	廣済堂出版	
4	宵しぐれ	隅田川御用帳	平成十五年　六月	廣済堂出版	
5	おぼろ舟	隅田川御用帳	平成十五年　八月	廣済堂出版	
6	冬桜	隅田川御用帳	平成十五年十一月	廣済堂出版	

7	春雷	隅田川御用帳	平成十六年　一月	廣済堂出版	
8	花鳥		平成十六年　四月	廣済堂出版	四六判上製
9	恋椿	橋廻り同心・平七郎控	平成十六年　六月	祥伝社	
10	夏の霧	隅田川御用帳	平成十六年　七月	廣済堂出版	
11	火の華	橋廻り同心・平七郎控	平成十六年　十月	祥伝社	
12	紅椿	隅田川御用帳	平成十六年十二月	廣済堂出版	
13	雪舞い	橋廻り同心・平七郎控	平成十六年十二月	祥伝社	
14	風光る	藍染袴お匙帖	平成十七年　二月	双葉社	

15	夕《ゆ》立《だ》ち	橋廻り同心・平七郎控	平成十七年 四月	祥伝社	
16	風蘭	隅田川御用帳	平成十七年 六月	廣済堂出版	
17	遠花火	見届け人秋月伊織事件帖	平成十七年 七月	講談社	
18	雁渡し	藍染袴お匙帖	平成十七年 八月	双葉社	
19	花鳥		平成十七年 九月	学研	文庫化
20	照り柿	浄瑠璃長屋春秋記	平成十七年 十月	徳間書店	
21	冬萌え	橋廻り同心・平七郎控	平成十七年 十月	祥伝社	
22	雪見船	隅田川御用帳	平成十七年十二月	廣済堂出版	

藤原緋沙子　著作リスト

23	春疾風《はやて》	見届け人秋月伊織事件帖	平成十八年　三月	講談社	
24	父子雲	藍染袴お匙帖	平成十八年　四月	双葉社	
25	夢の浮き橋	橋廻り同心・平七郎控	平成十八年　四月	祥伝社	
26	潮騒	浄瑠璃長屋春秋記	平成十八年　七月	徳間書店	
27	白い霧	渡り用人片桐弦一郎控	平成十八年　八月	光文社	
28	鹿《は》鳴《ぎ》の声	隅田川御用帳	平成十八年　九月	廣済堂出版	
29	紅い雪	藍染袴お匙帖	平成十八年十一月	双葉社	
30	暖《ぬくめ》鳥《どり》	見届け人秋月伊織事件帖	平成十八年十二月	講談社	

31	桜雨	渡り用人片桐弦一郎控	平成十九年　二月	光文社	
32	蚊遣り火	橋廻り同心・平七郎控	平成十九年　九月	祥伝社	
33	さくら道	隅田川御用帳	平成二十年　三月	廣済堂出版	
34	紅梅	浄瑠璃長屋春秋記	平成二十年　四月	徳間書店	
35	漁り火	藍染袴お匙帖	平成二十年　七月	双葉社	
36	霧の路	見届け人秋月伊織事件帖	平成二十一年二月	講談社	
37	梅灯り	橋廻り同心・平七郎控	平成二十一年四月	祥伝社	
38	麦湯の女	橋廻り同心・平七郎控	平成二十一年七月	祥伝社	